Città di ossa

CASSANDRA CLARE

THE MORTAL INSTRUMENTS

LIBRO UNO

GRAPHIC NOVEL
DI CASSANDRA JEAN

OSCAR INK

SOMMARIO

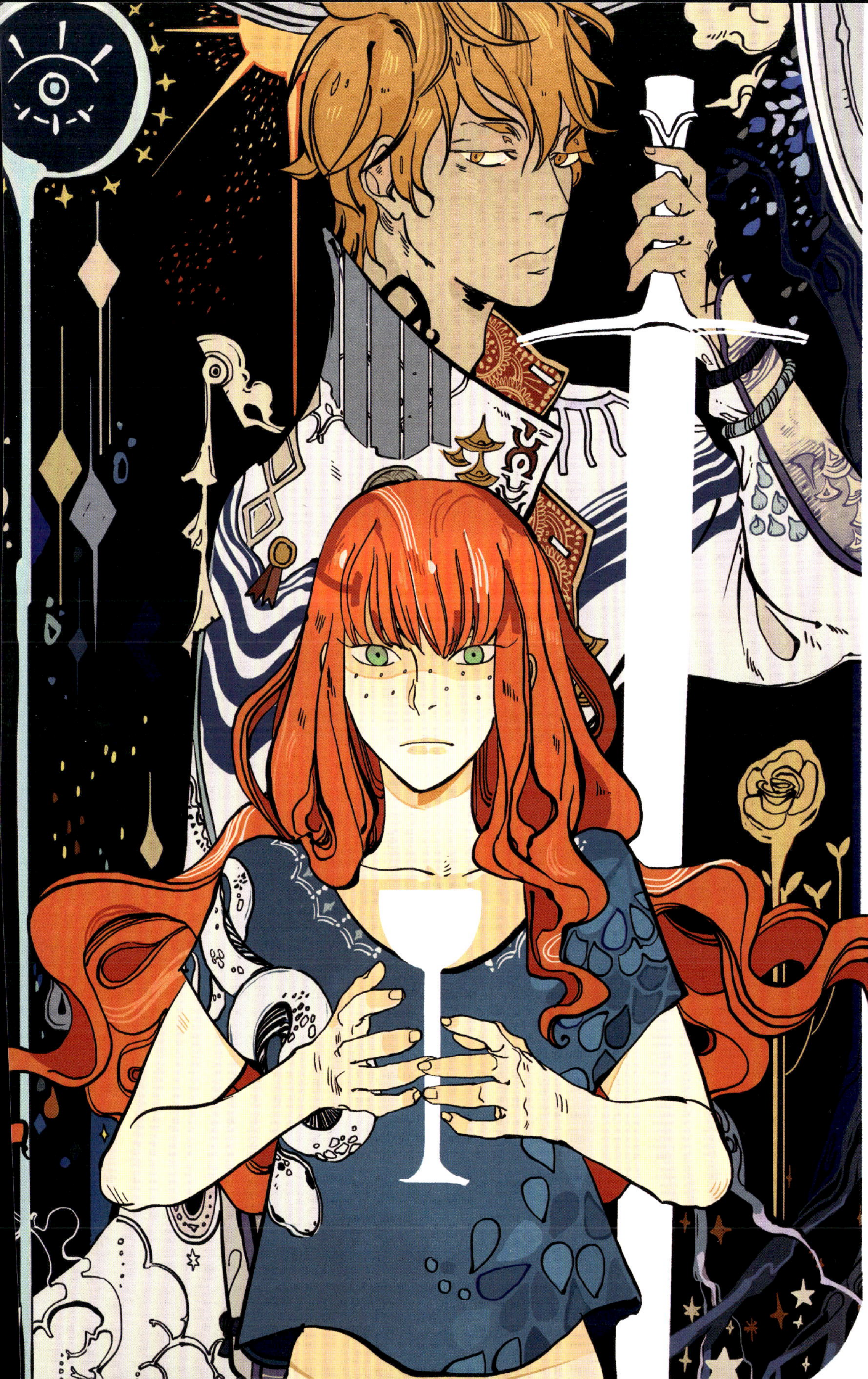

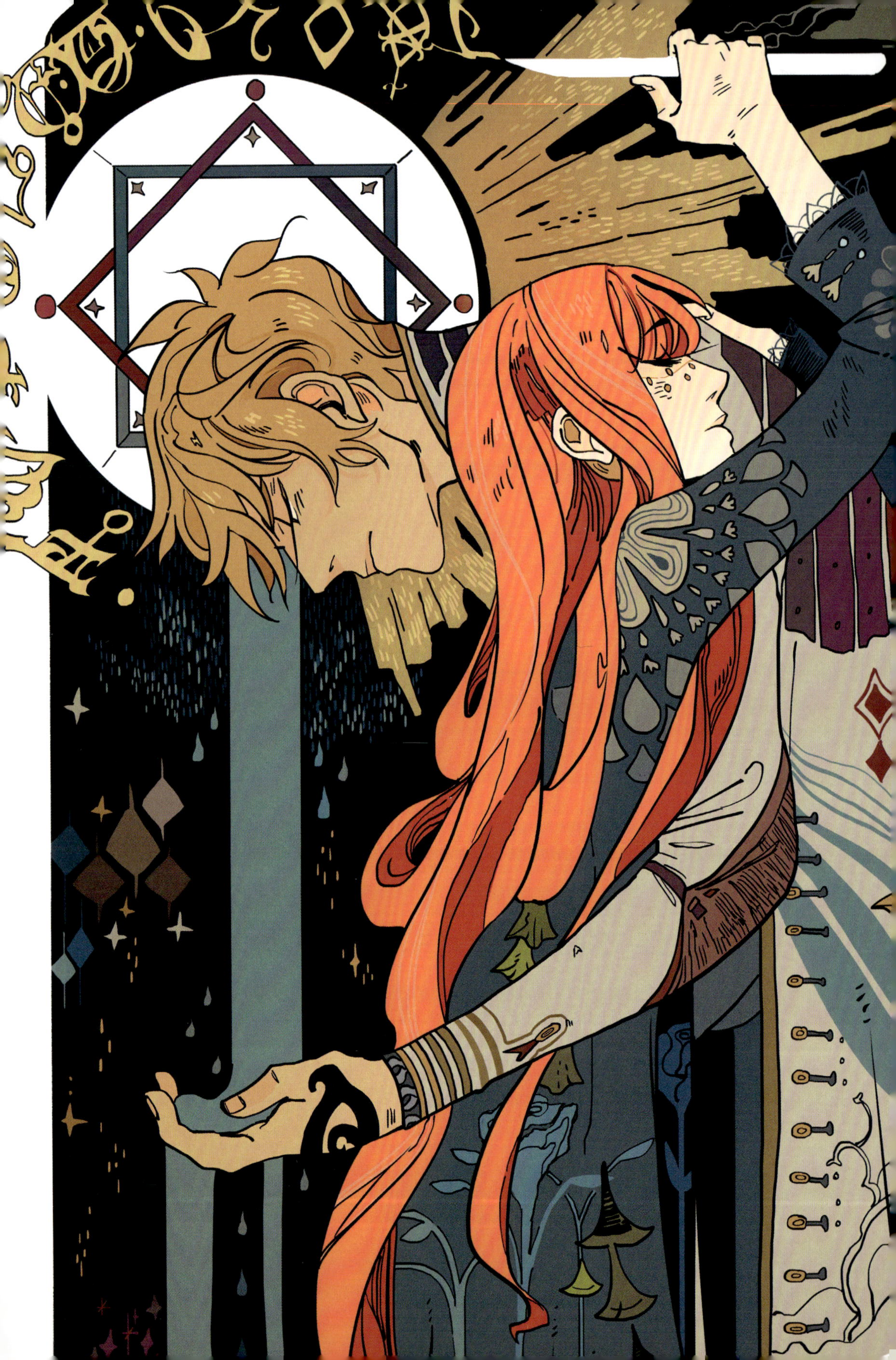

Città di ossa

CASSANDRA CLARE

THE MORTAL INSTRUMENTS

LIBRO UNO

GRAPHIC NOVEL
DI CASSANDRA JEAN

Edizione italiana a cura di Rossella Pinto e Alessia Merlo,
amministratrici della community Shadowhunters.it

Traduzione di Sara West

Titolo originale dell'opera: *The Mortal Instruments - The Graphic Novel, voll. 1-2*

I edizione Oscar Ink settembre 2019

ISBN 978-88-04-71480-4

Questo volume è stato stampato
presso ELCOGRAF S.p.A
Stabilimento - Cles (TN)
Stampato in Italia - Printed in Italy

La presente opera unisce *The Mortal Instruments - The Graphic Novel* vol. 1 e vol. 2
di Cassandra Clare e Cassandra Jean.

Testi di Cassandra Clare
Disegni di Cassandra Jean
Grafica e lettering: MDF s.r.l., Roma

librimondadori.it

INTRODUZIONE

Sono felice di condividere finalmente con voi i graphic novel di *The Mortal Instruments.* Ho aspettato per anni questo adattamento, sperando che si concretizzasse, e sono entusiasta di vedere Clary e i suoi amici prendere vita in un nuovo mezzo.

Da grande appassionata di graphic novel, film e televisione, nel momento in cui scrivo tendo ad avere un'immagine visiva e cinematografica delle scene che sto componendo. Uno degli aspetti più belli di questo adattamento è che puoi vedere le tue scene preferite che prendono vita, in un modo molto fedele al materiale originario, e allo stesso tempo notare tantissimi piccoli dettagli divertenti, indizi visivi ed espressioni facciali che altrimenti non sarebbero stati inclusi.

Cassandra Jean è la persona perfetta per il compito di disegnare *The Mortal Instruments.* Ho scoperto il lavoro di Cassandra quando mi sono imbattuta nella sua fan art degli Shadowhunters. Sono rimasta così colpita da quanto la sua resa dei personaggi fosse simile a come me li ero immaginati nella mia mente che le ho chiesto di creare l'artwork ufficiale per gli Shadowhunters, inclusi un mazzo di tarocchi e una serie di ritratti dei personaggi basati sul linguaggio vittoriano dei fiori. Ormai è difficile tener traccia di tutta la sua magnifica produzione sul mondo delle ombre, e le sue illustrazioni sono diventate una parte vitale e familiare delle Cronache degli Shadowhunters. Sono felice che con questo progetto lei possa tornare al punto in cui è iniziato tutto... con Clary e Simon, Jace, Isabelle e Alec, e con la loro fatidica notte al Pandemonium.

Questo adattamento mi sembra particolarmente appropriato, visto che la stessa Clary è un'artista e un'avida lettrice di manga, di fumetti e di altra arte sequenziale. Ho sempre voluto scrivere di persone che sembrano vere, come se fossero degli amici, e siccome così tanti dei miei amici amano i fumetti e i graphic novel, ho creato dei personaggi che condividessero questi interessi. Clary e Simon amerebbero questo adattamento. Io sicuramente lo adoro.

Cassandra Clare

THE MORTAL INSTRUMENTS

GRAPHIC NOVEL

Capitolo 1

PANDEMONIUM
ALLORA...
... MUSICA NIENTE MALE, EH?

SIMON, TU ODI LA MUSICA TRANCE!
BE', MI SEMBRA CHE STASERA DJ BAT STIA FACENDO DAVVERO UN OTTIMO LAVORO. NON PENSI?
!
BUMP

TUM
TUM
CLARY, ANDIAMO A PRENDERCI DA BERE.
CLARY! COSA STAI FISSANDO?
UHM...

TUM
TUM
TUM
VIENI.
WOW. CHE VESTITO.

VIETATO L'INGRESSO
!?
VIETATO L'INGRESSO
VIETATO L'INGRESSO
AH! AH!
ALLORA HO DETTO...
COME TI CHIAMI?

THWAK

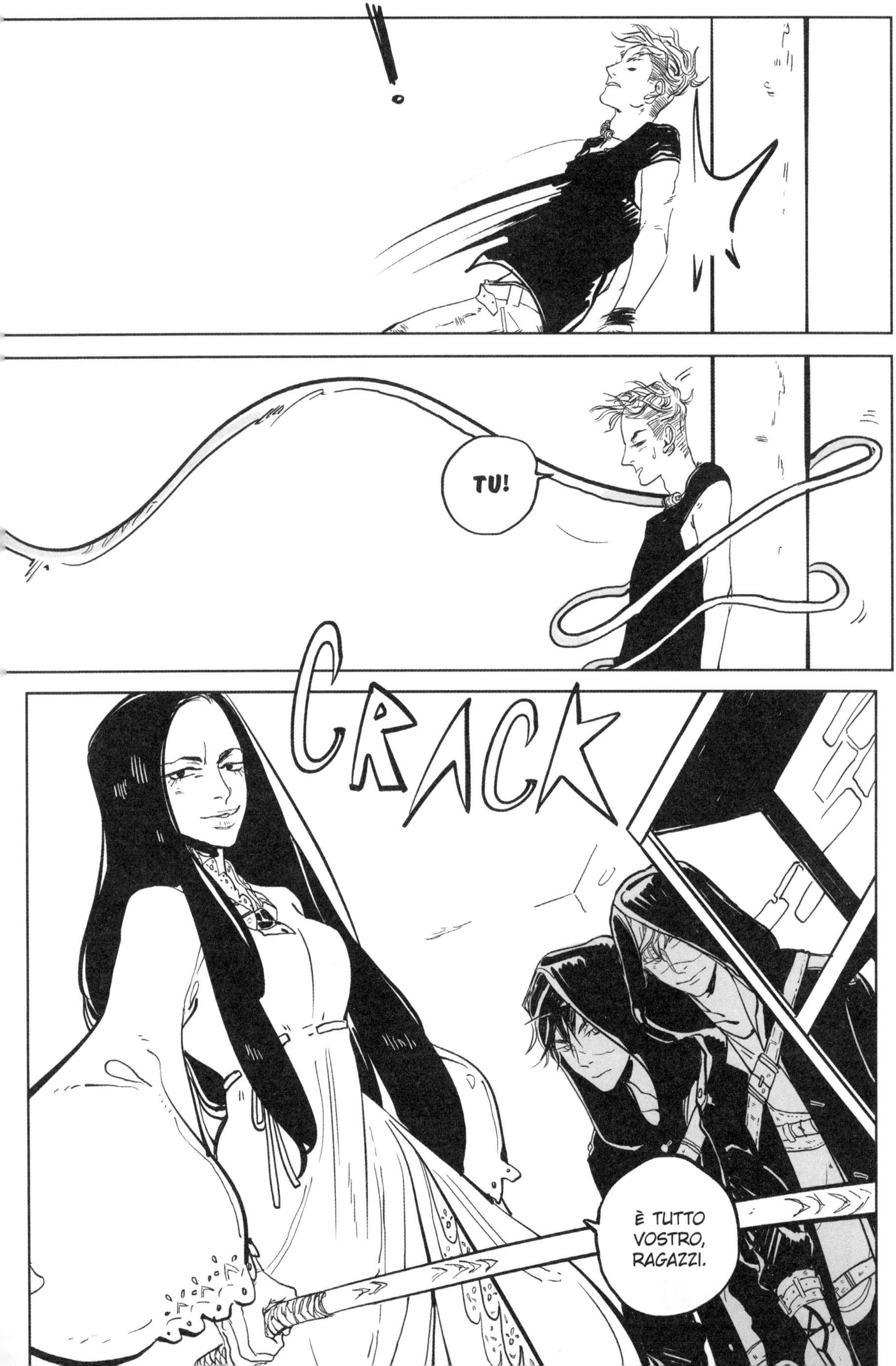
!
TU!
CRACK
È TUTTO VOSTRO, RAGAZZI.

ALLORA, CE NE SONO ALTRI CON TE?
......
FORZA, NON FARE IL TIMIDO.
CI HAI RICONOSCIUTI? COSA SIAMO?

SHADOWHUNTER.
BECCATO.
ALLORA, NON MI HAI ANCORA DETTO SE CI SONO ALTRI COME TE.
UCCIDILO E BASTA, JACE.
ISABELLE HA RAGIONE. FACCIAMOLA FINITA E ANDIAMO.
ISABEL-LE E ALEC PENSANO CHE PARLI TROPPO.
TU PENSI CHE PARLI TROPPO?

POTREI DARTI DELLE INFORMAZIONI.
SO DOVE SI TROVA VALENTINE.
PER L'ANGELO! OGNI VOLTA CHE CATTURIAMO UNO DI VOI BA-STARDI DITE DI SAPERE DOV'È VALENTINE.
BE', LO SAPPIAMO ANCHE NOI. È ALL'INFERNO. E TU...
STAI PER RAGGIUN-GERLO!
GRAP
BASTA!!
NON POTETE FARLO.

......
COS'È?
MH?
... È UNA RAGAZZA...?
UNA RAGAZZA MONDANA.
E CI PUÒ VEDERE.
CERTO CHE VI POSSO VEDERE! E HO CHIAMATO LA POLIZIA!
COSA PUÒ FARE LA POLIZIA...?
SNAP

SNAP
JACE!!
SOCK

ARGH...!
GUARDALO... I SUOI OCCHI... IL SUO SANGUE È NERO.
CLARY...?
CLARY, STAI BENE?
ERI TU A URLARE?
PERCHÉ SEI QUI DENTRO DA SOLA?
......

IN CHE SENSO DA SOLA?
NON VEDI...
UH...
NON VEDO COSA?
NON PUÒ VEDERCI, RAGAZZINA.
YU HUU
CLARY...?

UH...
HO VISTO... PENSAVO DI AVER VISTO QUALCUNO ENTRARE QUA DENTRO, MA...
DAVVERO NON LI PUÒ VEDERE?
... MI SONO SBAGLIATA.
... STAI BENE?

... CHE SCHIFO, LE SUE GAMBE SONO STRANE...
SKRITCH SCRITCH
DRIIN!
CHIAMATA IN ARRIVO
SIMON

EHI, SIMON.
Ehi. Com'è andata ieri notte?
UN DISASTRO. MIA MAMMA SI È INFURIATA PERCHÉ SIAMO TORNATI A CASA TARDI.
DOVE SEI?
Da Eric, abbiamo appena finito le prove. Stasera fa un reading di poesia al Java Jones. Vuoi venire?
NON LO SO. MIA MAMMA È ANCORA ARRABBIATA. ADESSO È FUORI CON LUKE...
PASSA DI QUA DOPO. LE PARLERÒ.
Okay!
CLICK
IERI NOTTE...
SIGH
CHI ERANO QUELLE PERSONE??
PERCHÉ SIMON NON LE HA VISTE?
FANTASMI?
NO...

CLICK
THUMP
OH, CIAO, LUKE. DOV'È LA MAMMA?
STA PAR- CHEGGIANDO IL FURGONE.
... A CHE SERVONO GLI SCATOLONI?
TUA MAMMA VUOLE METTERE VIA UN PO' DI COSE.
TIPO?
ROBA IN GIRO PER CASA.

LUKE...
COSA FARESTI SE AVESSI VISTO QUALCOSA CHE NON PUÒ VEDERE NESSUN ALTRO?
......
VUOI DIRE SE FOSSI L'UNICO TESTIMONE DI UN CRIMINE, UNA COSA COSÌ?
NO, INTENDO, SE CI FOSSERO ALTRE PERSONE ATTORNO, MA TU FOSSI L'UNICO CHE VEDE QUALCOSA. COME SE FOSSE INVISIBILE A TUTTI TRANNE CHE A TE.
......
SO CHE SUONA FOLLE, MA...

CLARY, TU SEI UN'ARTISTA, COME TUA MAMMA. SIGNIFICA CHE VEDI IL MONDO IN UN MODO DIVERSO DALLE ALTRE PERSONE. È IL TUO DONO, POTER VEDERE LA BELLEZZA E L'ORRORE NELLE COSE DI TUTTI I GIORNI.
NON TI RENDE PAZZA, SOLO DIVERSA.
......
SE MIO PAPÀ NON FOSSE MOR-TO, PENSI CHE SAREBBE STATO UN ARTISTA ANCHE LUI?
!!
THUMP
SCU-SATEMI SE CI HO MESSO COSÌ TANTO A TROVARE PARCHEG-GIO.
CIAO, MAMMA.

GRAZIE PER AVER PORTATO SU GLI SCATOLONI, LUKE.
......
MAMMA? A COSA SERVONO GLI SCATOLONI?
OH...
BE'...
DIGLIELO, JOCELYN.
DIRMI COSA?
ANDIAMO IN VACANZA ALLA FATTORIA... PER IL RESTO DELL'ESTATE.
IL RESTO DELL'ESTATE?! NON POSSO FARLO! HO ALTRE DIECI LEZIONI DI ARTE ALLA TISCH!
LE HO PAGATE, QUELLE LEZIONI!!

SENTI, SE TU VUOI ANDARE VAI. IO STARÒ QUI SENZA DI TE. LAVORERÒ. SONO ABBASTANZA GRANDE PER...
NO!
TI RIPAGHERÒ PER LE LEZIONI DI ARTE, MA NON PUOI RESTARE. POTREBBE SUCCEDERE QUALCOSA.
TIPO COSA? COSA POTREBBE SUCCEDERE?
CRASH
IO ME NE VADO.
ASPETTA.
??

...
... BANE...
SONO TRE SETTIMANE CHE LO CHIAMO...
JOCELYN, NON PUOI ANDARE DA LUI PER SEMPRE.
MA CLARY...
NON POSSO TENERLA CHIUSA IN CASA, SENZA FARLA USCIRE. NON LO SOPPORTEREBBE.
OVVIO CHE NO! NON È UN ANIMALE DOMESTICO, È UN'ADOLESCENTE!
PARLALE, JOCELYN. DICO DAVVERO.
SE FOSSIMO LONTANE DALLA CITTÀ...

CIAO.
GESÙ!
SONO PASSATO A PRENDERE CLARY...
... MA POSSO TORNARE PIÙ TARDI...
PASSATO A PRENDERLA?
MA, CLARY, DOBBIAMO ANCORA PARLARE.
SCORDATELO. SIMON, ANDIAMOCENE.
AVREMO MOLTISSIMO TEMPO PER PARLARE QUANDO SAREMO IN "VACANZA".
NON ASPETTARMI SVEGLIA!
UH! ARRIVEDERCI, MRS FRAY!
OH, STAI ZITTO, SIMON!
JAVA JONES

IO PRENDO IL CAFFÈ, TU TROVA UN POSTO.
COSA VUOI?
oooh...
SOLO CAFFÈ. NERO... COME LA MIA ANIMA.
VEDIAMO...
AH-HA!

SCUSAMI.
UH?
È IL TUO RAGAZZO?
MMH, NO. È UN MIO AMICO.
È CARINO. HA UNA RAGAZZA?
... NO.
ODIO QUANDO FINISCONO LE TAZZE. QUESTI COSI SCOTTANO.
È GAY?

SGUARDO FISSO
PERCHÉ NON HAI UNA RAGAZZA?
?!
AHI, AHI, SCOTTA!
NON GUARDARE, MA QUELLA RAGAZZA BIONDA LAGGIÙ PENSA CHE TU SIA CARINO.
PERCHÉ NON LE CHIEDI DI USCIRE?
... NON VOGLIO.
PERCHÉ NO?
... PERCHÉ MI PIACE QUALCUN ALTRO.
......
OKAY...

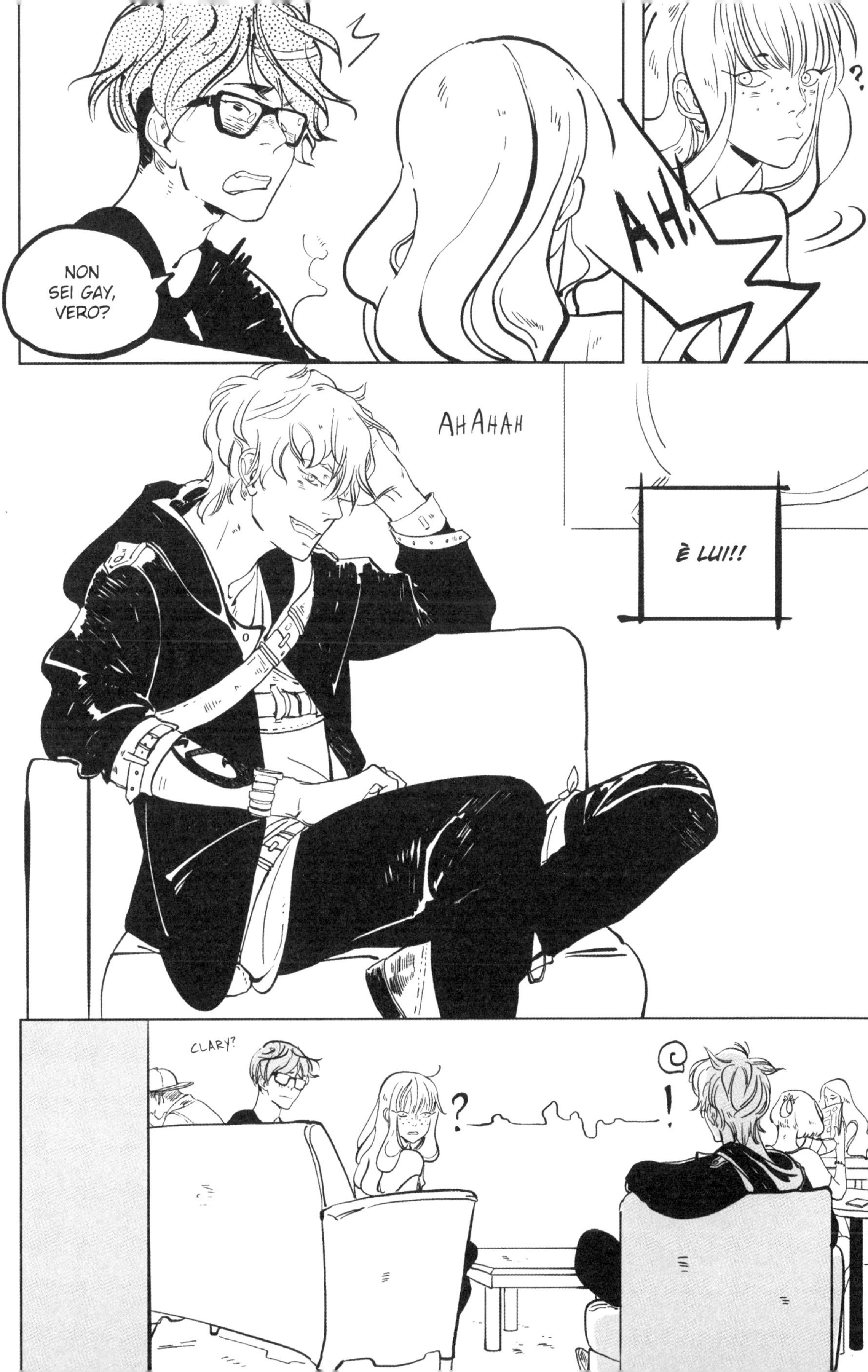

NON SEI GAY, VERO?
AH!
?
AHAHAH
È LUI!!
CLARY?
?
!

Ehe
CLARY?
......
COSA C'È? COSA STAI FISSANDO...?
UH?
TORNO SUBITO!

DING
EHI!
PERCHÉ MI STAI SE-GUENDO?!
CHI DICE CHE TI STO SEGUENDO?
BEL TENTA-TIVO!
E STAVI ANCHE ORIGLIANDO! PO-TREI CHIAMARE LA POLIZIA!

E COSA DIRESTI?
CHE UNA PERSONA INVISIBILE TI STA DANDO FASTIDIO?
Ehe
NON DIRE "EHE" A ME!!
SEMBRI DEL TUTTO UNA MONDANA. EP-PURE MI PUOI VEDERE.
È UN MISTERO.
COS'È UNA MONDANA?
QUALCUNO DEL MONDO DEGLI UMANI. QUALCUNO COME TE.
MA TU SEI UMANO.
SÌ.
MA NON COME TE.

AHH! UNA NOTTE FUORI!
STASERA SI MANGIA!
SVENTURA

THE MORTAL INSTRUMENTS

GRAPHIC NOVEL

Capitolo 2

TI CREDI MIGLIORE. PER QUELLO STAVI RIDENDO DI NOI.
RIDEVO PERCHÉ LE DICHIARAZIONI D'AMORE NON CORRISPOSTO MI DIVERTONO.
E PERCHÉ HODGE PENSAVA CHE TU POTESSI ESSERE PERICOLOSA.
E CHI DIAVOLO È HODGE?
IO SAREI PERICOLOSA?!
TI HO VISTO UCCIDERE QUALCUNO IERI NOTTE!
POTRÒ ANCHE ESSERE UN ASSASSINO, MA IO SO COSA SONO.
TU PUOI DIRE LO STESSO?
IO? IO SONO UN NORMALE ESSERE UMANO.
MA CI PUOI VEDERE.

ALL'INIZIO PENSAVO CHE POTESSI AVERE LA VISTA, MA...
MOSTRAMI LA TUA MANO DESTRA.
LA MIA MANO DESTRA?
NON HAI IL MARCHIO, QUINDI NON SEI UNA DI NOI.
NOI?
IO SONO MANCINO, QUINDI CE L'HO SULLA SINISTRA.
CI CHIAMIAMO SHADOWHUNTER.
DRI—IN

DRIN
RISPONDI PURE, TRANQUILLA.
MAMMA?
Clary! Oh, grazie a Dio!
COSA C'È CHE NON VA? STO TORNANDO A CASA...
NO!
Non tornare a casa! Non provare a tornare a casa!
CRASH
?
MAMMA?!
SHHHHHHZT
Vai da Simon e chiama Luke. Digli che mi ha trovata...
BAM
CHI TI HA TROVATA? MAMMA??
Ti voglio bene, Clary...
BEEP BEEP BEEP

MAMMA?!
RICHIAMA, RICHIAMA...
AH!
CRACK
!!
MALEDI-ZIONE!
DAMMI IL TUO TE-LEFONO.
DEVO...
NON È UN TELEFONO. È UN SENSORE.
DEVO CHIAMARE LA POLIZIA!

DIMMI COS'È SUCCESSO.
EHI!
SWISSHHH
POSSO AIUTARTI!
CLARY!
EHI...!

MAMMA? SONO QUI.
È TUTTO DISTRUTTO...
MAMMA! DOVE SEI? MAMI!
SWISH

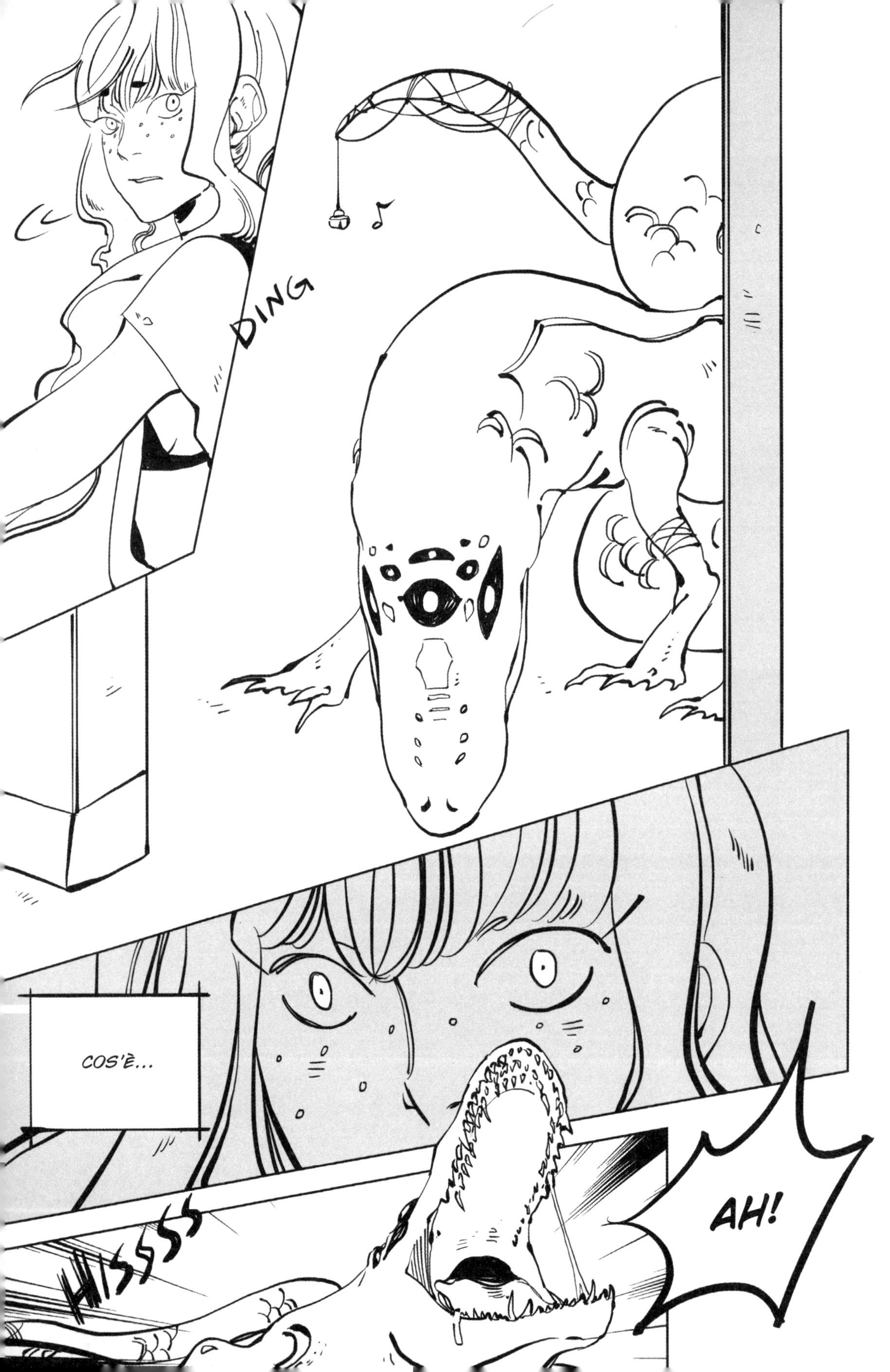
DING
COS'È...
AH!
HISSSS

DING
RAGAZZA, CARNE, SANGUE. MANGIARE.

OSSA DA MACIULLARE, DA SUCCHIARNE IL MIDOLLO E VENE DA CUI BERE...
MA È PROIBITO INGHIOTTIRE, ASSAGGIARE.
C-COS'È QUESTA COSA...?
VALENTINE NON LO SAPRÀ MAI. NON HA DETTO NIENTE SU UNA RAGAZZA. VALENTINE NON SI ARRABBIERÀ.

EEK
CH-
-OMP

GULP
EEEK
?!
ANF
......

ANF
ANF
GASP
HAFF
COSA GLI STA SUCCE-DENDO...?
LASCIAMO PERDERE! ME NE VADO!!
CRACK

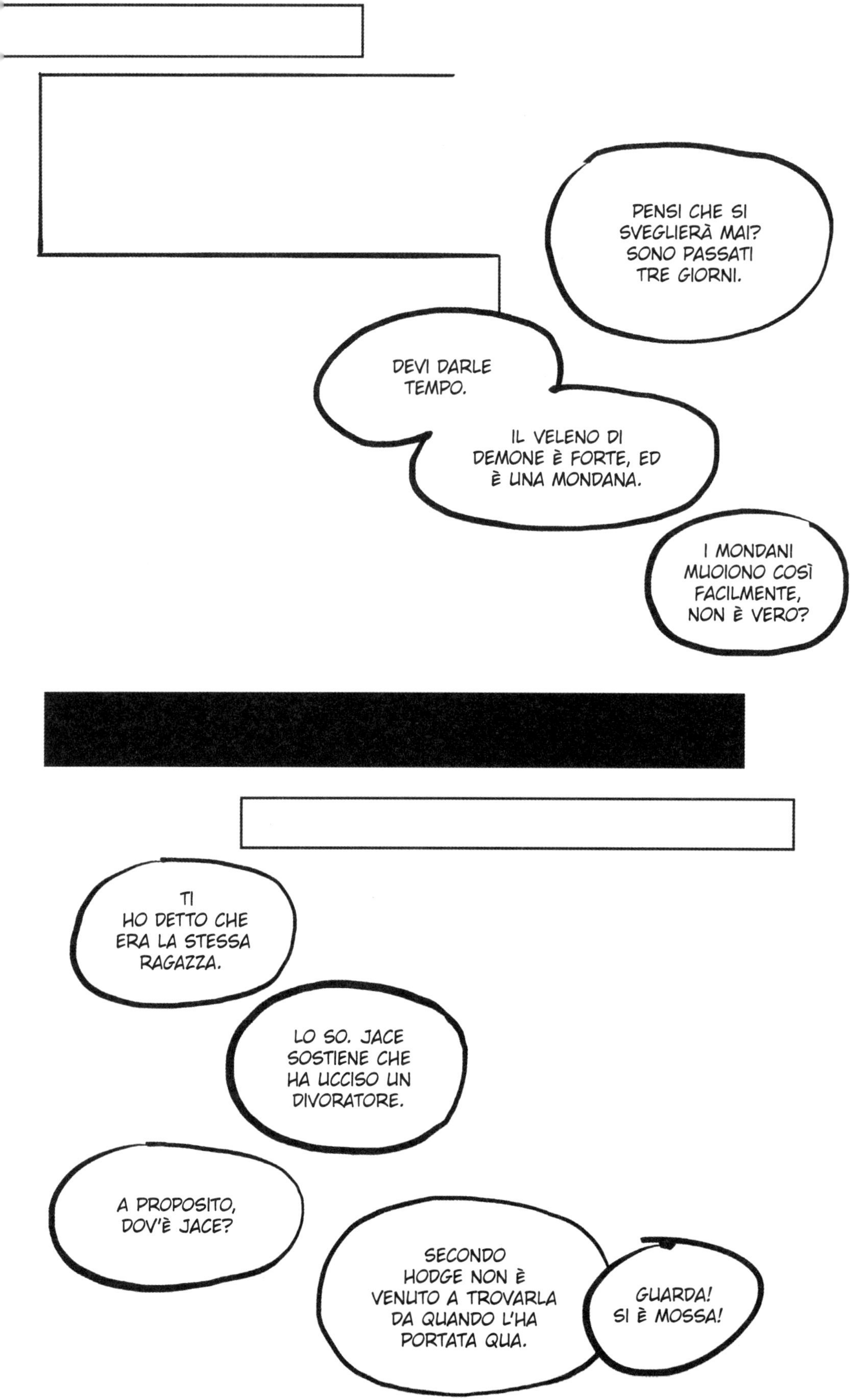
PENSI CHE SI SVEGLIERÀ MAI? SONO PASSATI TRE GIORNI.
DEVI DARLE TEMPO.
IL VELENO DI DEMONE È FORTE, ED È UNA MONDANA.
I MONDANI MUOIONO COSÌ FACILMENTE, NON È VERO?
TI HO DETTO CHE ERA LA STESSA RAGAZZA.
LO SO. JACE SOSTIENE CHE HA UCCISO UN DIVORATORE.
A PROPOSITO, DOV'È JACE?
SECONDO HODGE NON È VENUTO A TROVARLA DA QUANDO L'HA PORTATA QUA.
GUARDA! SI È MOSSA!

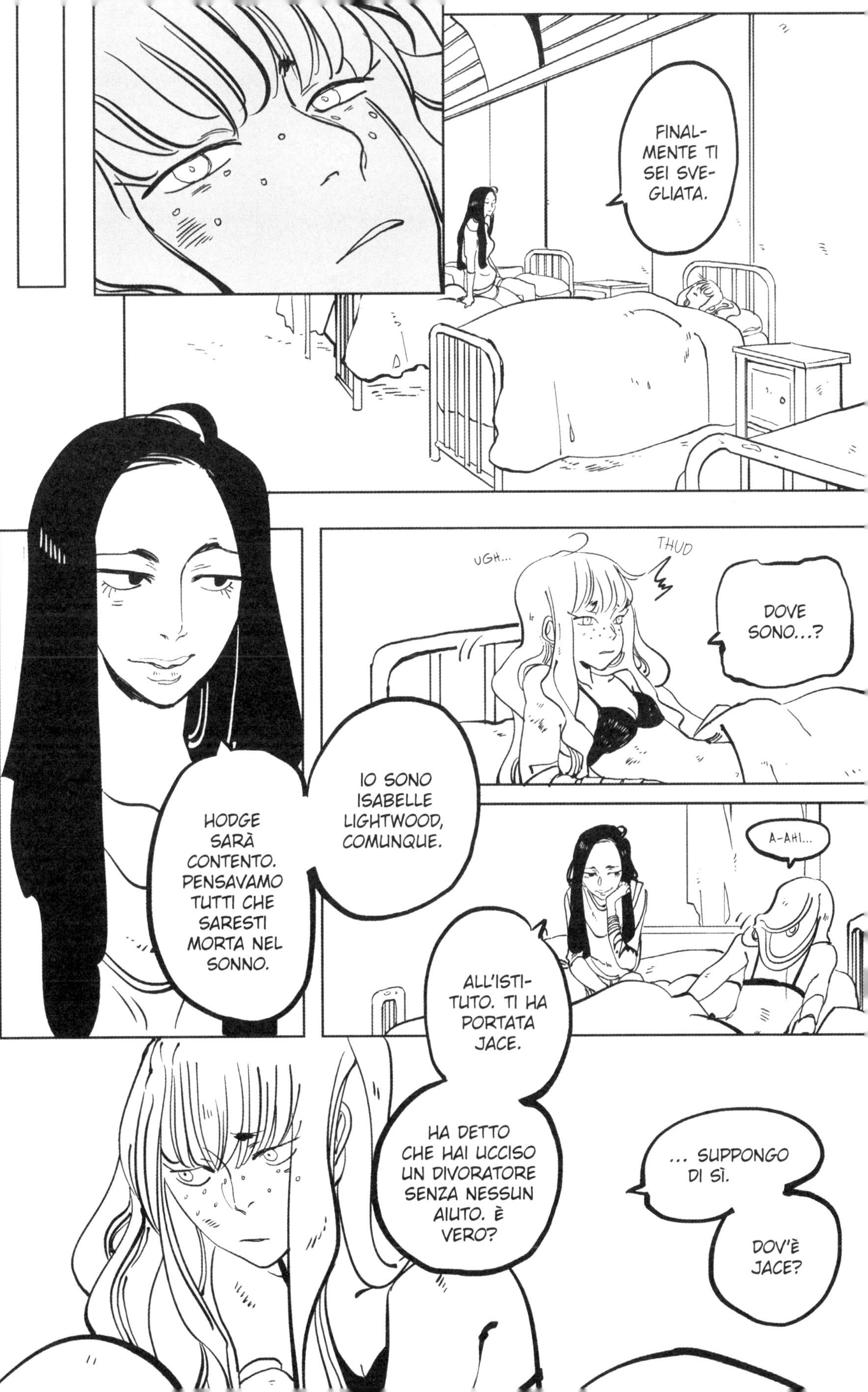
FINAL-
MENTE TI
SEI SVE-
GLIATA.
UGH...
THUD
DOVE
SONO...?
IO SONO
ISABELLE
LIGHTWOOD,
COMUNQUE.
HODGE
SARÀ
CONTENTO.
PENSAVAMO
TUTTI CHE
SARESTI
MORTA NEL
SONNO.
A-AHI...
ALL'ISTI-
TUTO. TI HA
PORTATA
JACE.
HA DETTO
CHE HAI UCCISO
UN DIVORATORE
SENZA NESSUN
AIUTO. È
VERO?
... SUPPONGO
DI SÌ.
DOV'È
JACE?

È DA QUALCHE PARTE.
WOW, GRAZIE.
QUANDO VUOI.
DEVO ANDARE A DIRE A TUTTI CHE SEI SVEGLIA. HO LASCIATO ALCUNI DEI MIEI VESTITI IN BAGNO.
FORSE DOVRESTI LAVARTI UN PO'. PUZZI.
DEVO CHIAMARE LUKE... DOVE SONO TUTTI?

QUINDI QUESTO È L'ISTITUTO.
È COME UNA VECCHIA CHIESA.
MUSICA?
TUMP
TUMP

AH, LA NOSTRA BELLA AD-DORMENTATA. CHI TI HA BACIATA PER SVEGLIARTI?
NESSUNO. MI SONO SVEGLIATA DA SOLA.
C'ERA QUALCUNO CON TE?
ISABELLE, MA È ANDATA VIA PER CHIAMARE NON SO CHI... HODGE, CREDO?
AVREI DOVUTO AV-VERTIRLA DELLA TUA MANIA DI NON STARE MAI FERMA.
FORZA, TI PORTO DA HODGE.

PERCHÉ CI SONO COSÌ TANTE CAMERE?
PENSAVO CHE FOSSE UN ISTITUTO DI RICERCA.
QUESTA È L'ALA RESIDENZIALE.
POSSIAMO OSPITARE FINO A DUECENTO PERSONE QUI. NESSUNO RIMANE A LUNGO, PERÒ. DI SOLITO SIAMO SOLO NOI — ALEC, ISABELLE, MAX, I LORO GENITORI — E IO E HODGE.
MAX?
HAI CONOSCIUTO ISABELLE. ALEC È IL SUO FRATELLO MAGGIORE. MAX È IL PIÙ GIOVANE, ORA È OLTREOCEANO CON I GENITORI.
PUOI CONSIDERARLI COME... COME DIPLOMATICI STRANIERI, E QUESTO POSTO COME UN'AMBASCIATA.
AL MOMENTO SI TROVANO NEL PAESE NATALE DEGLI SHADOWHUNTER.

PAESE NATALE DEGLI SHADOW-HUNTER?
IDRIS.
NON L'HO MAI SENTITO...
ASPETTA, E I TUOI GENITORI?
...
ECCOCI — LA BIBLIOTECA.

WOW...
UN'AMANTE DEI LIBRI, VEDO.
LA TUA ESPRESSIONE QUANDO SEI ENTRATA — CHISSÀ COME MAI DUBITO DI ESSERE IO LA CAUSA DEL TUO STUPORE...
LUI È HUGO. È UN CORVO, E IN QUANTO TALE SA MOLTE COSE. IO SONO HODGE STARKWEATHER, INSEGNANTE DI STORIA E, IN QUANTO TALE, NON SO QUASI NIENTE.
KRAH

AH AH
IO SONO CLARY FRAY.
È UN PIACERE CONOSCERE CHIUNQUE SAPPIA UCCIDERE UN DIVORATORE A MANI NUDE.
NON È STATO A MANI NUDE. ERA CON QUELL'AGGEGGIO DI JACE… NON MI RICORDO COME SI CHIAMAVA…
INTENDE IL MIO SENSORE.
L'HA LANCIATO NELLA GOLA DEL DIVORATORE. LE RUNE DEVONO AVERLO STROZZATO.
ADESSO ME NE SERVE UNO NUOVO.
NON POSSO CREDERE CHE TU TI BEVA QUESTA STORIA, HODGE.
TSK

NON HA UCCISO UN DEMONE. GUARDALA: È UNA MONDANA, HODGE, E UNA RAGAZZINA. NON C'È MODO...
NON SONO UNA RAGAZZINA. HO SEDICI ANNI!
BE', LI COMPIRÒ DOMENICA!
LA STESSA ETÀ DI ISABELLE. LEI LA CHIAMERESTI UNA RAGAZZINA?
IZZY VIENE DA UNA DELLE PIÙ GRANDI DINASTIE DI SHADOWHUNTER. LA RAGAZZA, INVECE, VIENE DAL NEW JERSEY.
SONO DI BROOKLYN! E QUINDI? HAI INTENZIONE DI FARE L'IDIOTA PERCHÉ NON SONO QUALCUNO RICCO E VIZIATO COME TE?
COME MI HAI CHIAMATO?

AH!
NON HA TUTTI I TORTI. BISOGNA STARE ATTENTI AI DEMONI DEI SOBBORGHI...
NON È DIVERTENTE, JACE!
SAREMO ANCHE *PARABATAI*, MA LA TUA SFRONTATEZZA STA METTENDO A DURA PROVA LA MIA PAZIENZA.
L'HO TROVATA SUL PAVIMENTO IN UNA POZZA DI SANGUE CON UN DEMONE MORENTE.
SE NON L'HA UCCISO LEI, CHI È STATO? STAI DICENDO CHE SI È SUICIDATO?
DEMONI DELLA CINA
Il bon ton del vampiro
Fiori e il loro uso
PIANTE MEDICINALI
GUIDA ALLA FLORA
STREGONI
VAMPIRI
LICANTROPI
Storia d'Irlanda
STORIA DI IDRIS
Demoni
I DIVORATORI SONO MACCHINE DA GUERRA, CHE AGISCONO SOTTO GLI ORDINI DI STREGONI O DI POTENTI SIGNORI DEI DEMONI.
DIMMI, CHE INTERESSE AVREBBE UNO STREGONE O UN SIGNORE DEI DEMONI PER UNA NORMALISSIMA CASA MONDANA?
DEVE ESSERE STATO UN ERRORE.
I DEMONI NON FANNO QUEL TIPO DI ERRORI. ED È ALQUANTO STRANO CHE UN DEMONE POTENTE, DEL TIPO CHE COMANDA ALTRI DEMONI MINORI, SI INTERESSI AGLI AFFARI DEGLI ESSERI UMANI.

MADAME DOROTHEA, CHE VIVE AL PIANO INFERIORE, È UNA STREGA. MAGARI I DEMONI VOLEVANO LEI E HANNO PRESO MIA MAMMA PER SBAGLIO?
È UNA FALSA STREGA, COME MOLTE ALTRE. HO GIÀ CONTROLLATO. NON C'È MOTIVO PER CUI UNO STREGONE SI DOVREBBE INTERESSARE A LEI.
GLI STREGONI SANNO USARE LA MAGIA DALLA NASCITA. LE STREGHE SONO ESSERI UMANI CHE HANNO IMPARATO UN PO' DI MAGIA. MA È RARO TROVARNE UNA VERA.
INOLTRE...
... CLARY NON È UNA MONDANA.
MA LO SONO...
... NO, NON LO SEI.

QUELLA NOTTE, QUANDO L'HO TROVATA...
... C'ERANO DEI DEMONI VESTITI DA POLIZIOTTI. CLARY ERA TROPPO DEBO-LE PER CORRERE. ALLORA HO USATO IL MIO STILO... LE HO MESSO UNA RUNA MENDELIN ALL'INTERNO DEL BRACCIO. HO PENSATO...
SEI PAZZO?! SAI COSA DICE LA LEGGE SUL METTERE MARCHI SUI MONDANI. TU... TU TRA TUTTI DOVRESTI SAPERLO!

MA HA FUNZIONATO.
CLARY, MOSTRA LORO IL BRACCIO.
IL MIO BRACCIO...
QUESTA CICATRICE. È SIMILE A QUELLE CHE HANNO TUTTI LORO.
VISTO? È QUASI SCOMPARSA. NON LE HA FATTO MALE PER NIENTE.
NON POS-SO CREDERCI, JACE. SOLO GLI SHADOWHUNTER POSSONO RICE-VERE I MARCHI. UCCIDONO I MONDANI...
NON È QUESTO IL PUNTO. AVRESTI POTUTO TRASFOR-MARLA IN UNA DIMENTICATA.
LEI NON È MONDANA. NON HAI SENTITO?
DEVE AVERE SANGUE DEL CONCLAVE.

NON CREDE NEMMENO NELLA MAGIA!
MIA MADRE NON ERA UNA SHADOW-HUNTER!
SPIEGA COSA È SUCCESSO A SUA MADRE. SE FOSSE STATA UNA SHADOWHUNTER IN ESILIO, AVREBBE POTUTO ANCHE AVERE NEMICI TRA I NASCOSTI.
TUO PADRE, ALLORA.
... È MORTO PRIMA CHE NASCESSI.
STOMP!
... È POSSIBILE.

SE SUO PADRE ERA UNO SHADOWHUNTER E SUA MADRE UNA MONDANA... BE', SAPPIAMO CHE È CONTRO LA LEGGE SPOSARE UN MONDANO.
MAGARI SI NASCONDEVANO.
MIA MAMMA NON PARLA MAI DI MIO PAPÀ. NON TIENE NEANCHE DELLE FOTO...
E SE MIO PADRE FOSSE STATO...
OH! LUKE!
L'AMICO DI MIA MAMMA. LUI LO SAPRÀ. POSSO CHIAMARLO?
... SÌ, IL TELEFONO È SULLA SCRIVANIA.
LUKE PROBABILMENTE STARÀ IMPAZZENDO PER LA PREOCCUPAZIONE. SONO SPARITA DA GIORNI.

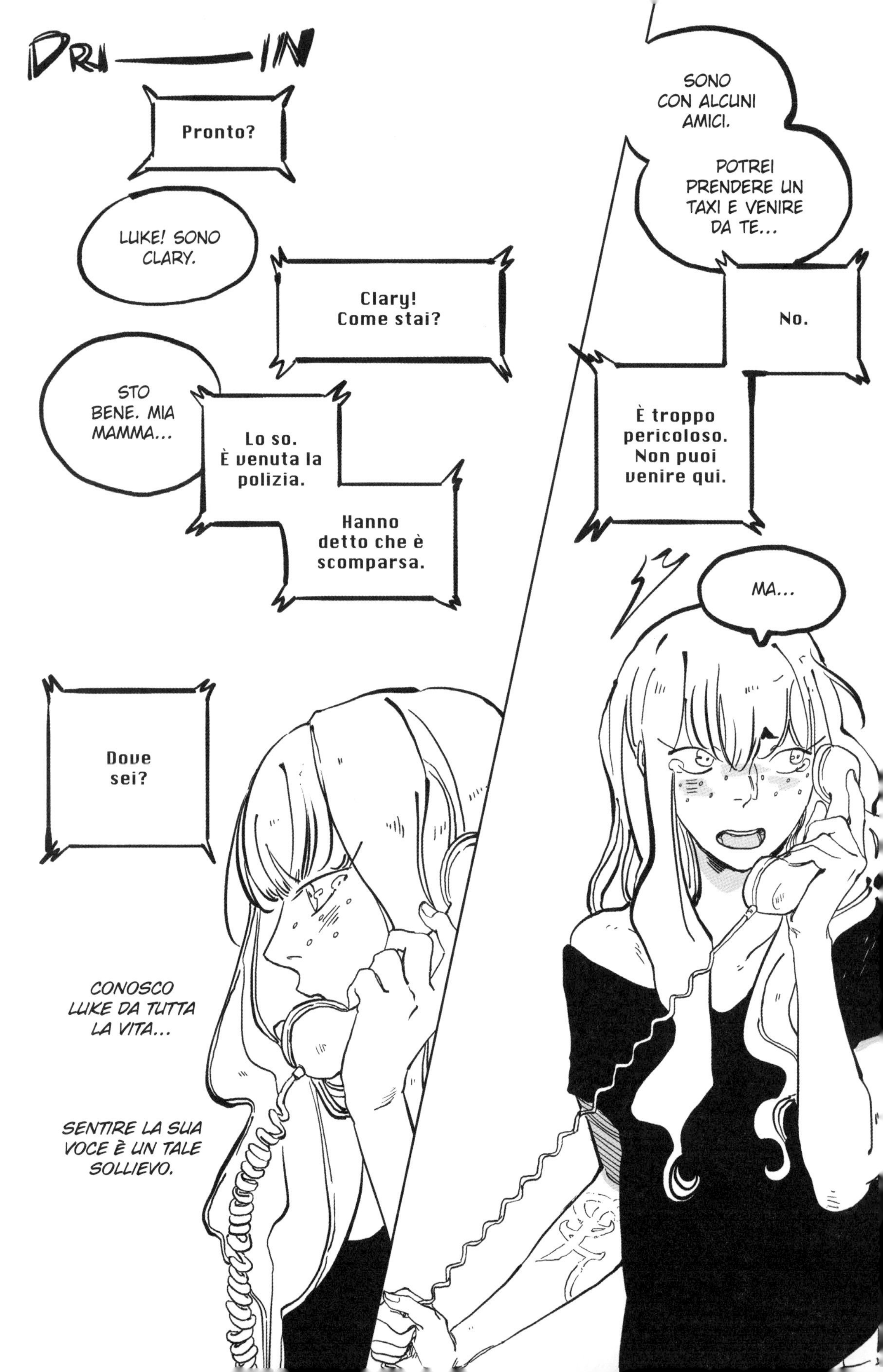
DRIIIIN
Pronto?
LUKE! SONO CLARY.
Clary! Come stai?
STO BENE. MIA MAMMA...
Lo so. È venuta la polizia.
Hanno detto che è scomparsa.
Dove sei?
CONOSCO LUKE DA TUTTA LA VITA...
SENTIRE LA SUA VOCE È UN TALE SOLLIEVO.
SONO CON ALCUNI AMICI.
POTREI PRENDERE UN TAXI E VENIRE DA TE...
No.
È troppo pericoloso. Non puoi venire qui.
MA...

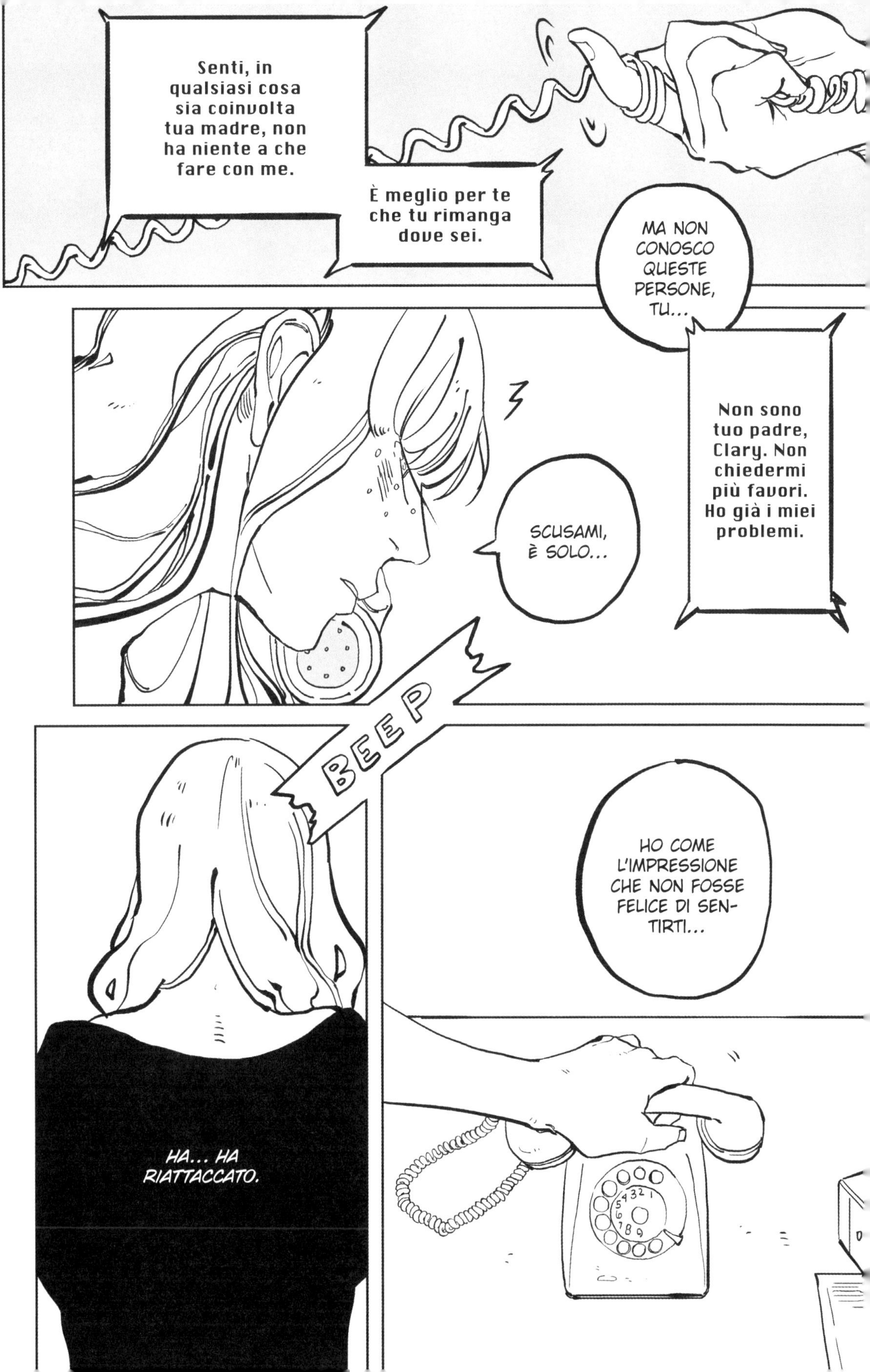
Senti, in qualsiasi cosa sia coinvolta tua madre, non ha niente a che fare con me.
È meglio per te che tu rimanga dove sei.
MA NON CONOSCO QUESTE PERSONE, TU...
Non sono tuo padre, Clary. Non chiedermi più favori. Ho già i miei problemi.
SCUSAMI, È SOLO...
BEEP
HA... HA RIATTACCATO.
HO COME L'IMPRESSIONE CHE NON FOSSE FELICE DI SENTIRTI...

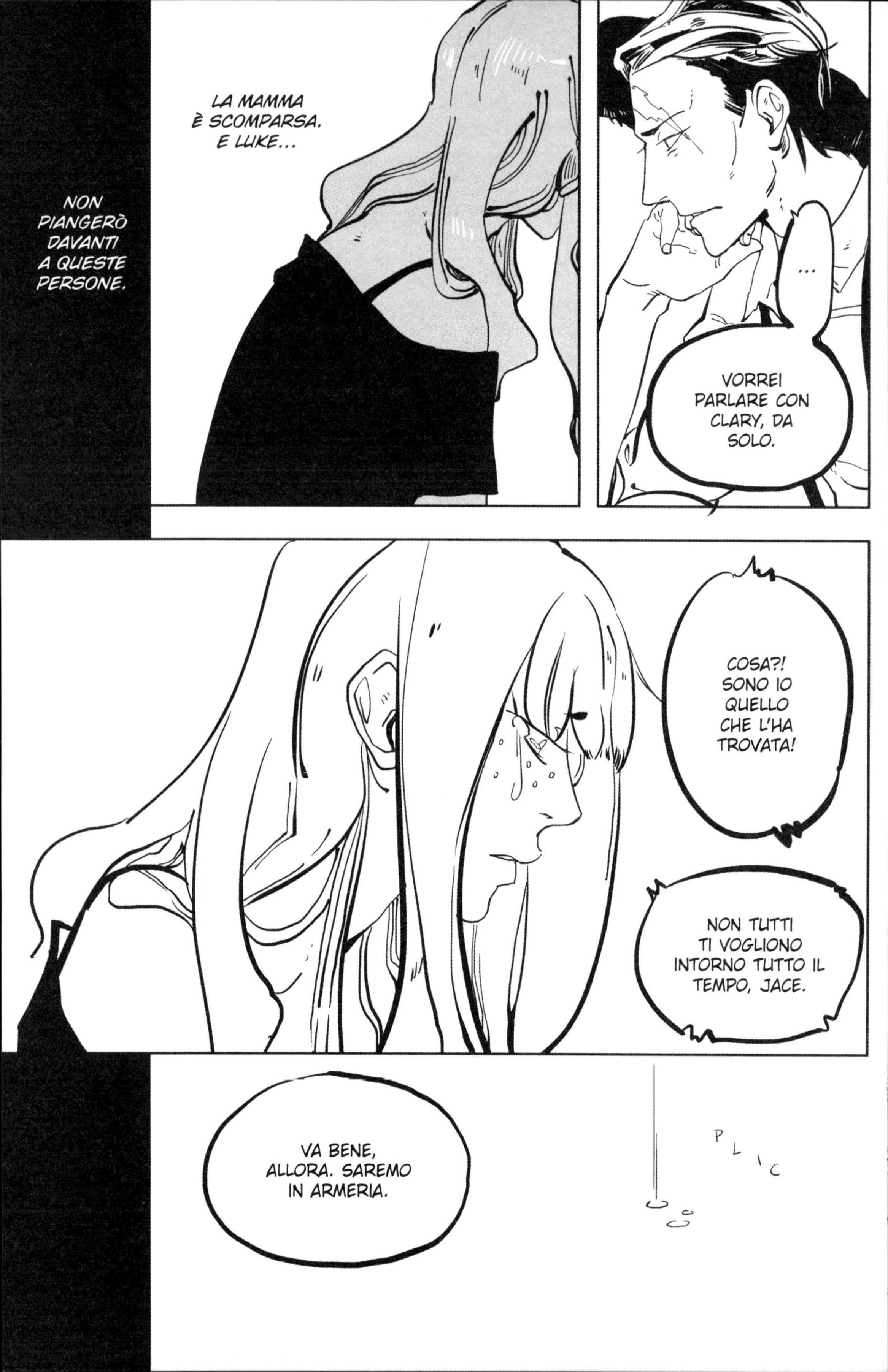
LA MAMMA È SCOMPARSA. E LUKE...
NON PIANGERÒ DAVANTI A QUESTE PERSONE.
...
VORREI PARLARE CON CLARY, DA SOLO.
COSA?! SONO IO QUELLO CHE L'HA TROVATA!
NON TUTTI TI VOGLIONO INTORNO TUTTO IL TEMPO, JACE.
VA BENE, ALLORA. SAREMO IN ARMERIA.
PLIC

!
DING
DING

THE MORTAL INSTRUMENTS

GRAPHIC NOVEL

Capitolo 3

DI SOLITO NON PIANGO MOLTO.
BE'... INIZIAMO PARLANDO UN POCHINO DI COSA TI È SUCCESSO.
SE TUTTO QUESTO FOSSE UN ERRORE E TU FOSSI UNA RAGAZZA NORMALE, NON AVRESTI VISTO IL DEMONE. LA TUA MENTE LO AVREBBE INTERPRETATO COME QUALCOS'ALTRO. UN CANE RABBIOSO, O ADDIRITTURA UN ALTRO ESSERE UMANO.
SIBILAVA. *PARLAVA.*
HA DETTO QUALCOSA SU UN CERTO VALENTINE...
VALENTINE?
... È UN NOME CHE CONOSCIAMO TUTTI.
VALENTINE È — ERA — UNO SHADOWHUNTER. È MORTO SEDICI ANNI FA.
SÌ.

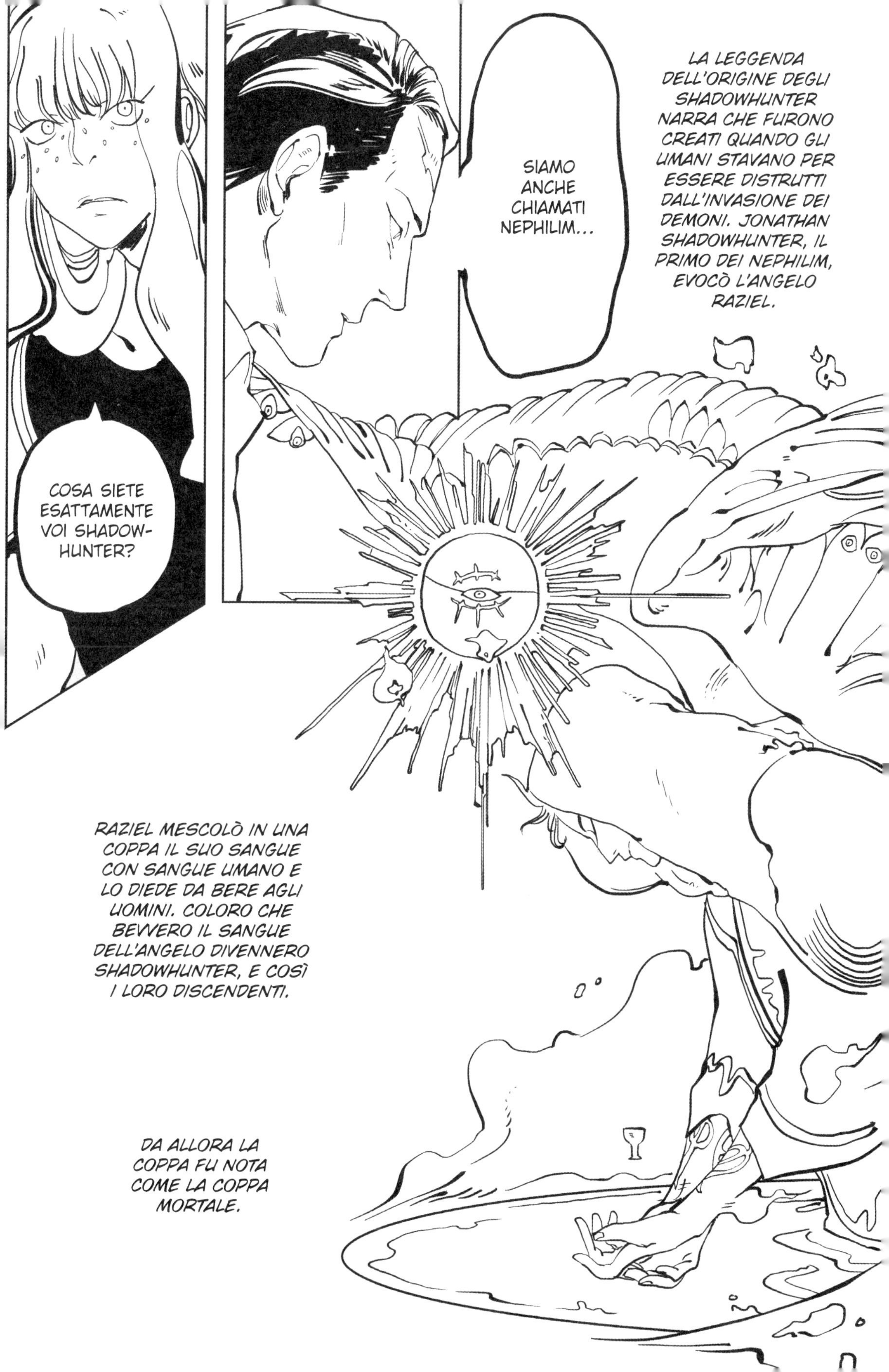
COSA SIETE ESATTAMENTE VOI SHADOW-HUNTER?
SIAMO ANCHE CHIAMATI NEPHILIM…
LA LEGGENDA DELL'ORIGINE DEGLI SHADOWHUNTER NARRA CHE FURONO CREATI QUANDO GLI UMANI STAVANO PER ESSERE DISTRUTTI DALL'INVASIONE DEI DEMONI. JONATHAN SHADOWHUNTER, IL PRIMO DEI NEPHILIM, EVOCÒ L'ANGELO RAZIEL.
RAZIEL MESCOLÒ IN UNA COPPA IL SUO SANGUE CON SANGUE UMANO E LO DIEDE DA BERE AGLI UOMINI. COLORO CHE BEVVERO IL SANGUE DELL'ANGELO DIVENNERO SHADOWHUNTER, E COSÌ I LORO DISCENDENTI.
DA ALLORA LA COPPA FU NOTA COME LA COPPA MORTALE.

LA LEGGENDA, COME TALE, PUÒ NON CORRISPONDERE DEL TUTTO A VERITÀ, MA, QUANDO LE FILE DEGLI SHADOWHUNTER SI ASSOTTIGLIAVANO, ERA SEMPRE POSSIBILE CREARE NUOVI SHADOWHUNTER USANDO LA COPPA.
MA LA COPPA È SPARITA.
DISTRUTTA DA VALENTINE, SUBITO PRIMA DI MORIRE. APPICCÒ UN GRANDE INCENDIO E BRUCIÒ VIVO INSIEME ALLA SUA FAMIGLIA... LA MOGLIE E IL FIGLIO.
HA INFRANTO LA LEGGE PIÙ IMPORTANTE DI TUTTE: HA UCCISO I SUOI COMPAGNI SHADOWHUNTER. LUI E IL SUO GRUPPO, IL CIRCOLO, DURANTE GLI ULTIMI ACCORDI UCCISERO DECINE DEI LORO SIMILI INSIEME A DECINE DI NASCOSTI.
PERCHÉ?

NON APPROVAVA I NEGOZIATI DI PACE... GLI ACCORDI. DISPREZZAVA I NASCOSTI E PENSAVA CHE ANDASSERO TUTTI UCCISI.
I NASCOSTI SONO QUELLI CHE DIVIDONO IL MONDO DELLE OMBRE CON NOI – VAMPIRI, LICANTROPI, FATE E I FIGLI DI LILITH, POICHÉ SONO MEZZI DEMONI, SONO STREGONI.
ABBIAMO SEMPRE VISSUTO UNA PACE INSTABILE CON LORO.
MI STA FACENDO GIRARE LA TESTA.
COSA HA A CHE FARE MIA MADRE CON TUTTO QUESTO?
NON LO SO. MA FARÒ DEL MIO MEGLIO PER SCO-PRIRLO.
C'È QUALCHE POSSIBILITÀ CHE IO POSSA ANDARE A CASA?

PER PIACERE, DEVO VEDERE SE... DEVO VEDERE COSA È RIMASTO.
SIGH...
...
SE JACE È D'ACCORDO, POTETE ANDARE INSIEME.
GRAZIE...
ENTRO IO PER PRIMO.
CREEEK

È SCOMPARSO TUTTO...
CHE COSA POTREBBERO VOLERE DEI DEMONI DAL NOSTRO DIVANO?
...
SEI SODDISFATTA? NON C'È NIENTE QUI.
VOGLIO VEDERE LA MIA CAMERA.
È COSÌ FREDDA.
ASPETTA.
BANG

CRASH
EEK!
BAM

SANSAVI!
CLICK
GROR
CORRI! VAI GIÙ! ESCI DA —
GRA

CHOK
JACE!! LE SCALE!

THUMP
CRACK
BANG
JACE?

IL TUO BRACCIO STA BENE?
NO. ROTTO.
DIAVOLO.
CHE TIPO DI DEMONE ERA?
NON ERA UN DEMO-NE.
B-BE', DOBBIAMO PORTARTI DA UN MEDICO PRIMA...
VA TUTTO BENE.

QUESTO È UNO STILO...
E QUESTO È IL MODO IN CUI GLI SHADOWHUNTER CURANO LE FERITE.
QUESTO È UN IRATZE, UNA RUNA DI GUARI-GIONE.
TUTTO A POSTO!
È INCREDIBILE!

VEDI TUTTE LE FERITE SU QUEL COSO?
SONO STATE FATTE CON UNO STILO.
DISEGNA TANTE RUNE SULLA PELLE DI UN UOMO COMUNE CHE NON HA SANGUE SHADOWHUNTER... E OTTERRAI QUESTO.
LE RUNE PROVOCANO UN DOLORE LANCINANTE. I MARCHIATI – I DIMENTICATI – IMPAZZISCONO. IL DOLORE LI TRASFORMA IN FEROCI KILLER SENZA CERVELLO...
... LEALI SOLO A COLUI CHE LI HA MARCHIATI.
E CE NE SONO ALTRI NEL POSTO DA DOVE È VENUTO IL PRIMO.

MADAME DOROTHEA?
DUBITO CHE ABBIATE INTENZIONE DI RIPULIRE IL MACELLO CHE AVETE FATTO.
MA...
MA LEI È UNA MONDANA!
CHE SPIRITO D'OSSERVA-ZIONE.
IL CONCLAVE HA FATTO UN OTTIMO LAVORO CON TE.
LEI SA DEL CONCLA-VE?
SIGNIFICA CHE SA ANCHE COS'È SUCCESSO A MIA MAMMA?

È ANDATA.
... VUOLE DIRE CHE È... MORTA?
... NO.
SONO SICURA CHE È ANCORA VIVA. PER ORA.
DEVO TROVARLA. DEVO TROVARLA PRIMA...
SIGH...
TANTO VALE CHE ENTRIATE. VI DIRÒ QUELLO CHE POSSO.
MA SE DICI A QUALCUNO CHE TI HO AIUTATO, SHADOWHUNTER, TI SVEGLIERAI CON UN PAIO DI BRACCIA IN PIÙ.

POTREBBE ESSERE BELLO... COMODO IN BATTAGLIA.
JACE, NO.
DAVVERO SAI PREVEDERE IL FUTURO?
MIA MADRE AVEVA UN GRANDE TALENTO. MI HA INSEGNATO ALCUNI DEI SUOI TRUCCHI.
ERA UNA STREGA, MA IO NON LO SONO.

È IMPOSSIBILE!
PERCHÉ IMPOSSIBILE?
PERCHÉ SONO IN PARTE UMANI E IN PARTE DEMONI. TUTTI GLI STREGONI SONO MEZZOSANGUE. NON POSSONO AVERE FIGLI.
SONO STERILI.
È VERO. MIA MADRE MI HA ADOTTATA PERCHÉ VOLEVA ASSICURARSI CHE CI FOSSE QUALCUNO A BADARE A QUESTO POSTO.
ORA...
... FAI SCORRERE LA MANO SULLE CARTE FINCHÉ NE TOCCHI UNA CHE SEMBRA CALDA O FREDDA, O CHE SEMBRA ATTACCARSI ALLE TUE DITA.
POI ESTRAILA E MOSTRAMELA.

L'ASSO DI COPPE. LA CARTA DEL-L'AMORE.
GLI UOMINI FANNO LE COSE PIÙ TERRIBILI, IN NOME DELL'AMORE.
È UNA CARTA POTENTE. COSA VUOL DIRE PER TE?
CHE L'HA DIPINTA MIA MAMMA. È VERO, NO?

HA DIPINTO TUTTO IL MAZZO. UN REGALO PER ME.
È QUELLO CHE DICE LEI.
QUANTO BENE CONOSCE LA MADRE DI CLARY?
JOCELYN SAPEVA COS'ERO, E IO SAPEVO COS'ERA LEI.
A VOLTE MI FACEVA DEI FAVORI, E IO RICAMBIAVO RACCONTANDOLE QUALCHE GOSSIP DEI NASCOSTI.
C'ERA UN NOME RIGUARDO A CUI MI AVEVA DETTO DI TENERE LE ORECCHIE APERTE.
CHE NOME ERA?
VALENTINE.
MA È...
E CHE INTENDE QUANDO DICE DI SAPERE COS'ERA LEI? COS'ERA JOCELYN?

JOCELYN ERA QUELLO CHE ERA. MA NEL PASSATO ERA STATA COME TE.
UNA SHADOW-HUNTER. UNA DEL CONCLAVE.
QUESTO È UN RIFUGIO, VERO? TUA MADRE HA FATTO QUESTO POSTO, SCONOSCIUTO, PROTETTO, PROBABILMENTE CIRCONDATO DA GUARDIE... PERCHÉ I NASCOSTI IN FUGA POTESSERO TROVARVI RIPARO.
È QUESTO CHE FA... QUA NASCONDE I CRIMINALI.
SIETE VOI CHE LI CHIAMATE COSÌ.
DURA LEX SED LEX.
LA LEGGE È DURA, MA È LA LEGGE.
A VOLTE LA LEGGE È TROPPO DURA.
TSK
QUINDI...

FWOOMP
... VUOI DIRMI COS'È QUE-STA?
È UNA PORTA.
???
STAI ZITTA!
È UN PORTALE, VERO?
DOVREI PROPRIO DIRE AL CONCLAVE DI TE...

È UNA PORTA PENTADIMENSIONALE.
PUÒ PORTARTI IN QUALSIASI DIMENSIONE TU VOGLIA ANDARE.
UN'USCITA DI SICUREZZA.
ECCO PERCHÉ TUA MADRE VOLEVA VIVERE QUI. IN MODO DA POTER SEMPRE SCAPPARE IN QUALSIASI MOMENTO.
ALLORA PERCHÉ NON...
... PER COLPA MIA. NON VOLEVA ANDARSENE SENZA DI ME QUELLA NOTTE. QUINDI È RIMASTA.
NON PUOI DARTI LA COLPA.

VOGLIO VEDERE DOVE SAREBBE SCAPPATA!
CLARY! NO!
CRACK

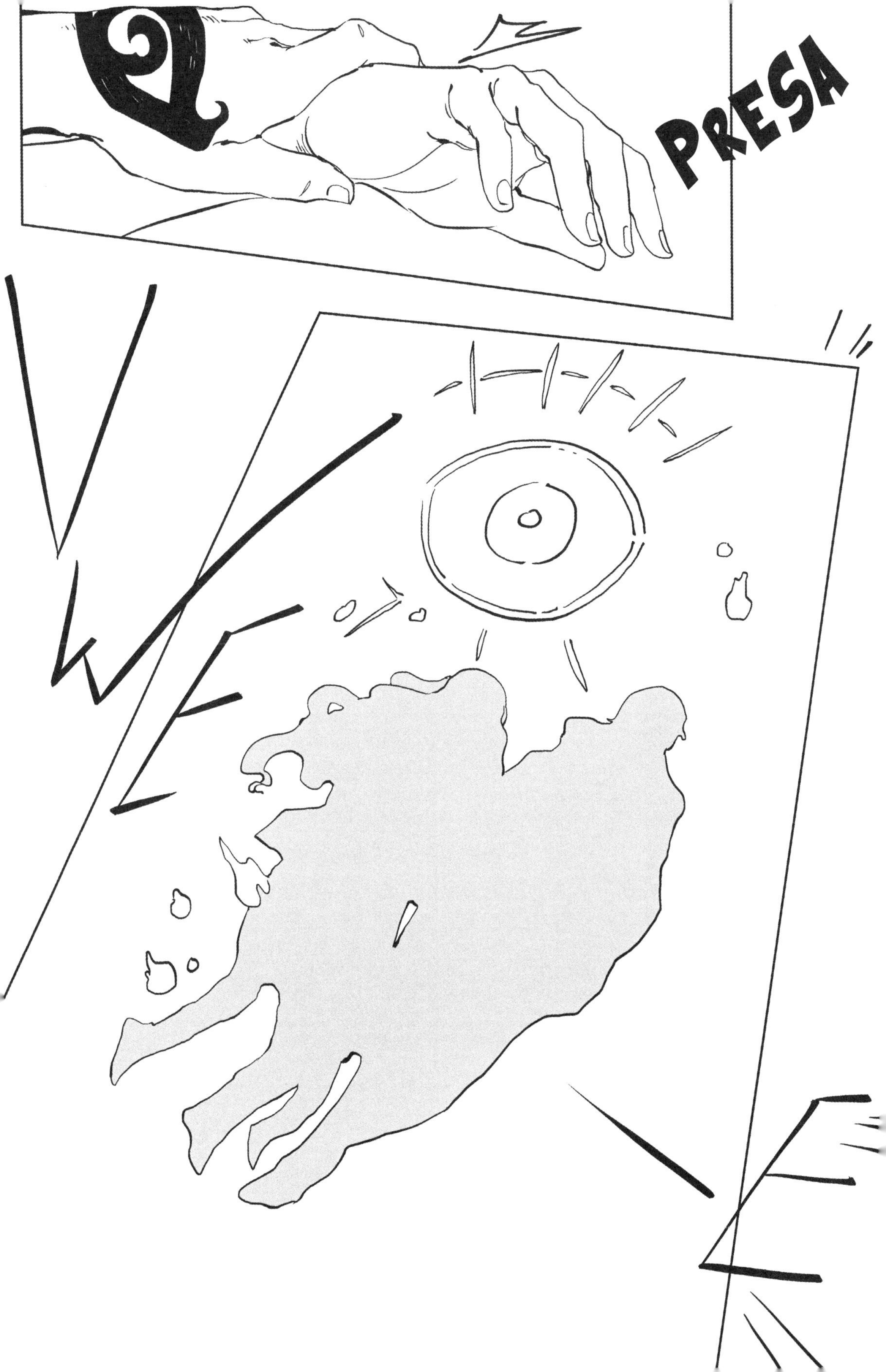
PRESA

SEMBRA DI
CADERE...
WHUMP

OOF!
AHI.
MI HAI TIRATO UNA GOMITATA.
BE', MI SEI ATTERRATO SOPRA.
BE', NON MI HAI LASCIATO MOLTA SCELTA, NO?
NON DOPO CHE SEI ALLEGRAMENTE SALTATA ATTRAVERSO QUEL PORTALE COME SE STESSI PRENDENDO LA METRO.
ASPETTA...
SO DOVE SIAMO.
SPINTA

UH?
È CASA DI LUKE.
Garroway B
Libri usati in buono stato, nuo
Chiuso il mercoledì
GARROWAY BOOKS. LIBRI USATI IN BUONO STATO, NUOVI, FUORI CATALOGO... VIVE IN UNA LIBRERIA?
VIVE SOPRA AL NEGOZIO.
COME SIAMO ARRIVATI QUA?
ATTRAVERSO IL PORTALE. EVIDENTEMENTE PENSAVI A QUESTO POSTO.
NON CI STAVO PENSANDO.
COSA VUOI FARE?
LUKE MI HA DETTO DI NON VENIRE QUI.

E LO ACCETTI E BASTA?
SE FOSSI IN TE, AVREI MOLTE CURIOSITÀ SU LUKE IN QUESTO MOMENTO. HAI LE CHIAVI?
NO, MA A VOLTE LASCIA LA PORTA SUL RETRO APERTA.
VAI AVANTI TU.
SCAVALCA.
EHI!
THUMP

WHUMP
AH!
SCUFF
STAI FERMO!
?
FAMMI VEDERE LA FACCIA!
UN INTRUSO??

ASPET-
TA...
TOGLITI,
CRETINO!
SIMON?!
ODDIO.

Braccia extra...
A cosa stai pensando?
A niente

THE MORTAL INSTRUMENTS

GRAPHIC NOVEL

Capitolo 4

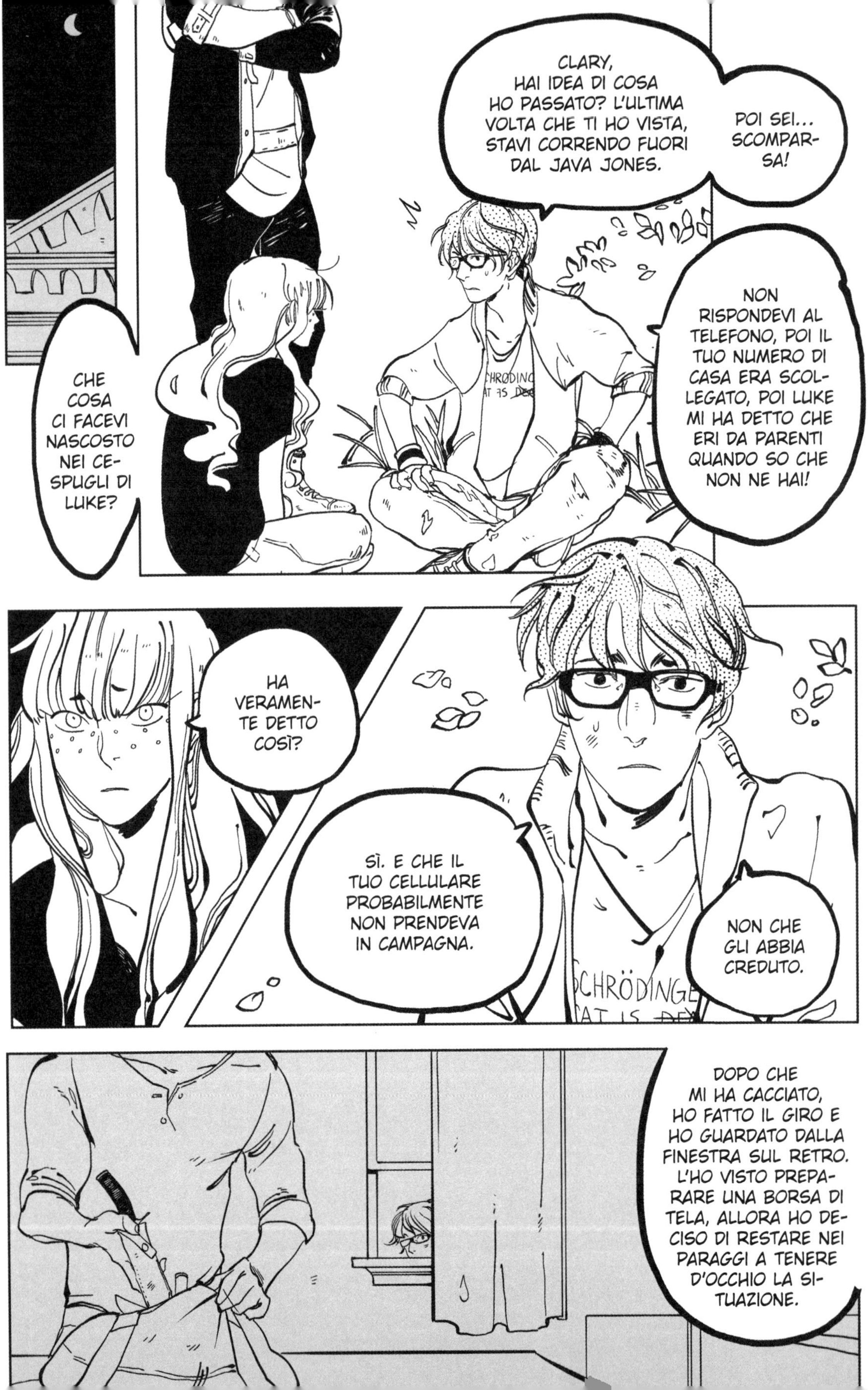
CLARY, HAI IDEA DI COSA HO PASSATO? L'ULTIMA VOLTA CHE TI HO VISTA, STAVI CORRENDO FUORI DAL JAVA JONES.
POI SEI... SCOMPARSA!
NON RISPONDEVI AL TELEFONO, POI IL TUO NUMERO DI CASA ERA SCOLLEGATO, POI LUKE MI HA DETTO CHE ERI DA PARENTI QUANDO SO CHE NON NE HAI!
CHE COSA CI FACEVI NASCOSTO NEI CESPUGLI DI LUKE?
HA VERAMENTE DETTO COSÌ?
SÌ. E CHE IL TUO CELLULARE PROBABILMENTE NON PRENDEVA IN CAMPAGNA.
NON CHE GLI ABBIA CREDUTO.
DOPO CHE MI HA CACCIATO, HO FATTO IL GIRO E HO GUARDATO DALLA FINESTRA SUL RETRO. L'HO VISTO PREPARARE UNA BORSA DI TELA, ALLORA HO DECISO DI RESTARE NEI PARAGGI A TENERE D'OCCHIO LA SITUAZIONE.

PERCHÉ?
PERCHÉ STAVA PREPARANDO UNA BORSA?
LA STAVA RIEMPIENDO DI ARMI.
......
......
GLI STO PER DIRE LA VERITÀ.
LO SO.
VA BENE. ECCO COSA STA SUCCEDENDO...

...
È.
UNA.
FIGATA! CACCI I DEMONI? DAVVERO?
FIGATA?
SÌ! È COME DUNGEONS AND DRAGONS, MA VERO.
È COME COSA?
È UN GIOCO CON MAGHI ED ELFI.

Sigh
ALLORA, PERQUISIAMO QUESTA CASA O NO?
È CHIUSA A CHIAVE.
LASCIATE PROVARE ME, MONDANI.
È UN BEL TIPO, EH? COME FAI A SOPPOR-TARLO?
MI HA SALVATO LA VITA.
CLICK
COSA? COME
ECCO.
STRUSC

È COSÌ BUIO...
SI CHIAMA STREGA-LUCE.
LIBRI

QUELLE SONO...?!
MANETTE. SONO PER GIOCHETTI...
NON DIRE EROTICI!
SANGUE. E GUARDA.
QUALCUNO HA CERCATO DI STRAPPARLE DAL MURO.
PENSI CHE LUKE STIA BENE?
PENSO CHE DOVREMMO SCOPRIRLO.

FICT
C'È QUALCOSA NEL SUO UFFICIO?
LA BORSA DI ARMI CHE HA VISTO IL TUO MONDANO.

BE'… COLLEZIONA COSE.
QUESTA È TUA?
UN *CHAKRAM*. SONO RARI E DIFFICILI DA USARE. STRANO CHE LUKE NE ABBIA UNO.
SÌ! QUESTO SIGNIFICA CHE LUKE È STATO A CASA MIA DOPO L'ATTACCO. MAGARI ADDIRITTURA OGGI…
DEVE ESSERE STATO L'ULTIMO A PASSARE DAL PORTALE. MAGARI È PER QUELLO CHE CI HA PORTATI QUI.
RAGAZZI!
STA ARRIVANDO QUALCUNO.

NON UOMINI, STREGONI!
NASCONDETEVI QUI.
ORA.
È LUKE?
SÌ, MA NON È DA SOLO. È CON DUE UOMINI.
THUMP BUMP
SENTITEVI LIBERI DI GUARDARVI ATTORNO.

... QUEI DUE SONO SHADOW-HUNTER CON MANTELLI DA STREGO-NE...!
CONSIDERA-LA UNA VISITA AMICHEVOLE, GRAYMARK.
NON C'È NULLA DI AMICHEVOLE IN TE, PANGBORN.
BLACKWELL, NON TOCCARLO. È PREZIOSO.

IMMAGINO CHE VI ABBIA MANDATI VALENTINE?
LO HA FATTO. HA PENSATO CHE MAGARI TU AVESSI CAMBIATO IDEA.
NON C'È NIENTE PER CUI DEBBA CAMBIARE IDEA. VI HO GIÀ DETTO CHE NON SO NIENTE.
SE VOLETE SAPERE DOVE È SCOMPARSA LA COPPA MORTALE...
"SCOMPARSA" POTREBBE NON ESSERE LA PAROLA GIUSTA.
NASCOSTA, PIÙ CHE ALTRO. NASCOSTA DA JOCELYN.
PUÒ ESSERE. ALLORA NON VI HA ANCORA DETTO DOV'È?
NON HA ANCORA RIPRESO CONOSCENZA. VALENTINE È DELUSO. NON VEDEVA L'ORA DI RIVEDERLA.

SONO CERTO CHE NON SIA RECIPROCO.
GELOSO, GRAYMARK?
DUE SHADOWHUNTER ESILIATI DA TUTTI GLI ALTRI, POTETE CAPIRE PERCHÉ SIAMO RIMASTI UNITI. MA NON INTERFERIRÒ CON I PIANI DI VALENTINE, SE È QUESTO CHE LO PREOCCUPA.
C'ERA UNA FIGLIA, VERO?
UNA RAGAZZA.
......
SÌ, CLARISSA. IMMAGINO CHE SIA SCAPPATA. VI HA MANDATI A CERCARLA?
NON NOI, MA LA STA CERCANDO.

NON HO IDEA DI DOVE SIA LA RAGAZZA. IMMAGINO CHE SIA MORTA. ALTRIMENTI SAREBBE COMPARSA DA QUALCHE PARTE.
COMUNQUE, NON È UN GRANDE PERICOLO. HA QUINDICI ANNI, NON HA MAI SENTITO PARLARE DI VALENTINE, E NON CREDE NEANCHE NEI DEMONI.
SAI CHE SCAMBIEREMMO JOCELYN CON LA COPPA? CONSEGNATA ALLA TUA PORTA, SANA E SALVA.
LO SO, E NON MI INTERESSA.
NON SO DOVE SIA LA VOSTRA PREZIOSA COPPA, E NON VOGLIO ESSERE COINVOLTO NELLA VOSTRA POLITICA. VALENTINE È UN MOSTRO, UNA MACCHINA OMICIDA.
...
CE NE ANDIAMO. CHE L'ANGELO TI PROTEGGA, LUCIAN.
SENTI CHI PARLA.
L'ANGELO NON PROTEGGE QUELLI COME ME.

TMP
TMP
SILENZIO...
QUEGLI UOMINI PENSANO CHE TUA MADRE ABBIA LA COPPA MORTALE.
LI HAI MAI VISTI PRIMA?
PENSAVA DAVVERO QUELLO CHE HA DETTO?
NO, MAI.
LI CONOSCI?
IN UN CERTO SENSO.
SONO GLI UOMINI CHE HANNO UCCISO MIO PADRE.

COSA...?
DOVREMMO ANDARE. NON SAPPIAMO QUANDO TORNERÀ LUKE.
......
È QUI CHE VIVI?
BENVENUTO ALL'ISTITUTO.
COS'È QUESTO ODORE?

STO FACENDO LA ZUPPA, AVETE—
JACE WAYLAND! GIUSTIFICATI! HAI PORTATO QUA UN ALTRO MONDANO?

NON HO AVUTO SCELTA.
ISABELLE, OGGI HO VISTO DUE DEGLI UOMINI CHE HANNO UCCISO MIO PADRE.
... LO DIRAI A HODGE?
NON LO SO ANCORA.
......
BE', VUOI DELLA ZUPPA?
NO.
IO LA VORREI.
NO CHE NON LA VUOI. CUCINA MA-LISSIMO.
VUOI SOLO ANDARE A LETTO CON ISABELLE.

N-NON È VERO.
MI LUSINGHI.
DAI, CHIE-DIGLIELO. COSÌ PUÒ DIRTI DI NO, E POSSIA-MO ANDARE AVANTI CON LE NOSTRE VITE.
LASCIALO IN PACE!
VADO A TROVARE HODGE. SCEGLI TU SE VENIRE CON ME O NO.
VENGO.
SIMON...?
PSCR-STRQUI
COSA?
PENSO CHE RESTERÒ QUI. HO FAME.
OK.

Dove vivono le fate
EQUIPAGGIAMENTI E TENUTE
L'AMICO DELLA MADRE DI CLARY – O CHIUNQUE EGLI SIA – SI FA CHIAMARE LUKE GARROWAY.
MA MENTRE ERAVAMO A CASA SUA, I DUE UOMINI CHE DICEVANO DI ESSERE MANDATI DA VALENTINE LO CHIAMAVANO LUCIAN GRAYMARK.
E I LORO NOMI ERANO...?
PANGBORN E BLACKWELL.
È COME TEMEVO. IL CIRCOLO STA SORGENDO DI NUOVO.
IL CIRCOLO?

THUMP
"GIURO INCONDIZIONATA OBBEDIENZA AL CIRCOLO E AI SUOI PRINCIPI... SARÒ PRONTO A RISCHIARE LA VITA IN QUALSIASI MOMENTO PERCHÉ IL CIRCOLO PRESERVI LA PUREZZA DEL SANGUE DI IDRIS E A FAVORE DEL MONDO MORTALE DELLA CUI SICUREZZA CI FACCIAMO CARICO."
COS'ERA?
ERA IL GIURAMENTO DEL CIRCOLO DI RAZIEL, DI VENT'ANNI FA.
C'ERA UN GRUPPO DI SHADOWHUNTER, CAPEGGIATI DA VALENTINE, CHE SI DEDICAVA A ELIMINARE TUTTI I NASCOSTI PER RENDERE IL MONDO "PIÙ PURO". IL LORO PIANO PREVEDEVA DI ASPETTARE CHE I NASCOSTI ARRIVASSERO A IDRIS PER FIRMARE GLI ACCORDI...
... E POI DI UCCIDERLI TUTTI, DISARMATI E INDIFESI. PENSAVANO CHE QUESTO AVREBBE SCATENATO UNA GUERRA TRA GLI UMANI E I NASCOSTI.

È STATA LA RIVOLTA.
PERCHÉ HAI UNA COPIA DI QUEL GIU-RAMENTO?
……
PERCHÉ HO CONTRIBUITO A STILARLO.
ERI NEL CIRCOLO.
SÌ. INSIEME A MOLTI ALTRI.
TRA CUI LA MADRE DI CLARY.
COSA? NON SI UNIREBBE MAI A UN GRUPPO DI FANATICI!
ERA LA MOGLIE DI VALENTINE.

È IMPOSSIBILE! MIA MADRE NON AVREBBE MAI... È STATA SPOSATA SOLO CON MIO PADRE! NON AVEVA UN EX-MARITO!
MIA MADRE NON AVREBBE...
È DIVENTATA UN'ESTRANEA PER ME. UNA BUGIARDA. TUTTI QUESTI SEGRETI...
COME POSSO SAPERE COSA NON AVREBBE FATTO?
TUA MADRE HA LASCIATO IL CIRCOLO QUANDO SI È ACCORTA DI QUANTO ERANO DIVENTATE ESTREME LE POSIZIONI DI VALENTINE.
LUCIAN È STATO IL PRIMO AD ANDARSENE. UN DURO COLPO PER VALENTINE, ERANO MOLTO AMICI.
POI MICHAEL WAYLAND, TUO PADRE, JACE.
......

CI FURONO QUELLI CHE RESTARONO FEDELI.
PANGBORN.
BLACKWELL.
I LIGHTWOOD.
I LIGHTWOOD? I GENITORI DI ALEC E ISABELLE?
NEANCH'IO ME NE SONO ANDATO.
AVEVAMO PAURA.
DOPO LA RIVOLTA, I PIÙ LEALI, COME BLACKWELL E PANGBORN, SCAPPARONO. NOI RESTAMMO E COLLABORAMMO CON IL CONCLAVE. PER QUESTO FURONO CLEMENTI.
L'INCANTESIMO CHE MI LEGA ALL'ISTITUTO È STATO LANCIATO DAL CONCLAVE.
È STATO IL CONCLAVE?
MA I LIGHTWOOD NON SONO STATI PUNITI? JACE HA DETTO CHE ERANO A IDRIS.
ERANO SPOSATI. AVEVANO UN FIGLIO.
FUMMO ESILIATI QUI, TUTTI E TRE. LORO POSSONO TORNARE A IDRIS SOLO PER AFFARI UFFICIALI. IO NON POSSO TORNARCI.

COSA?!
MI DISPIACE DI NON AVERTI DETTO PRIMA DI TUA MADRE. LA CONOSCEVO COME JOCELYN FAIRCHILD, NON FRAY.
FAIRCHILD?!
HA MENTITO SUL NOSTRO NOME?!
PERCHÉ VALENTINE VUOLE COSÌ TANTO LA COPPA?
NON È OVVIO?
PER COSTRUIRSI UN ESERCITO.
MANDERÒ UN MESSAGGIO AL CONCLAVE STASERA.
SE NE OCCUPERANNO LORO. VOI AVETE GIÀ FATTO FIN TROPPO.
ASPETTA!
E MIA MAMMA? NON PUÒ ASPETTARE CHE SI PRESENTINO QUELLI DEL CONCLAVE! È DA VALENTINE ADESSO!!!

DOVREMMO RIUNIRE I FRATELLI SILENTI.
TUTTO QUELLO CHE DOBBIAMO SAPERE È CHIUSO NELLA TUA MENTE.
CHI?
I FRATELLI SILENTI SONO ARCHIVISTI. PER RAFFORZARE I LORO CERVELLI, METTONO SU DI SÉ ALCUNE TRA LE RUNE PIÙ POTENTI MAI CREATE.
QUESTE MUTILANO I LORO CORPI. I LORO POTERI RIGUARDANO LA MENTE, NON IL CORPO.
POSSONO LEGGERE LA MENTE...?
VOGLIO CHE TI AIUTINO.
QUALCUNO HA NASCOSTO DEI SEGRETI NELLA TUA MENTE, DEI SEGRETI CHE NON PUOI VEDERE.

NON VUOI SAPERE LA VERITÀ SULLA TUA VITA?
LA VERITÀ...
OKAY. D'ACCORDO.
MOLTO BENE. MANDERÒ LORO UNA LETTERA. TORNA DOMANI MATTINA, PER ALLORA AVRANNO RISPOSTO.

QUESTO È FRATELLO GEREMIA DELLA CITTÀ SILENTE.
I RICORDI DI CLARY SONO SUOI. SOLO LEI PUÒ DECIDERE COSA FARE DI QUELLO CHE HA NELLA TESTA.
SE VUOI AIUTO, GEREMIA PUÒ AIUTARTI.

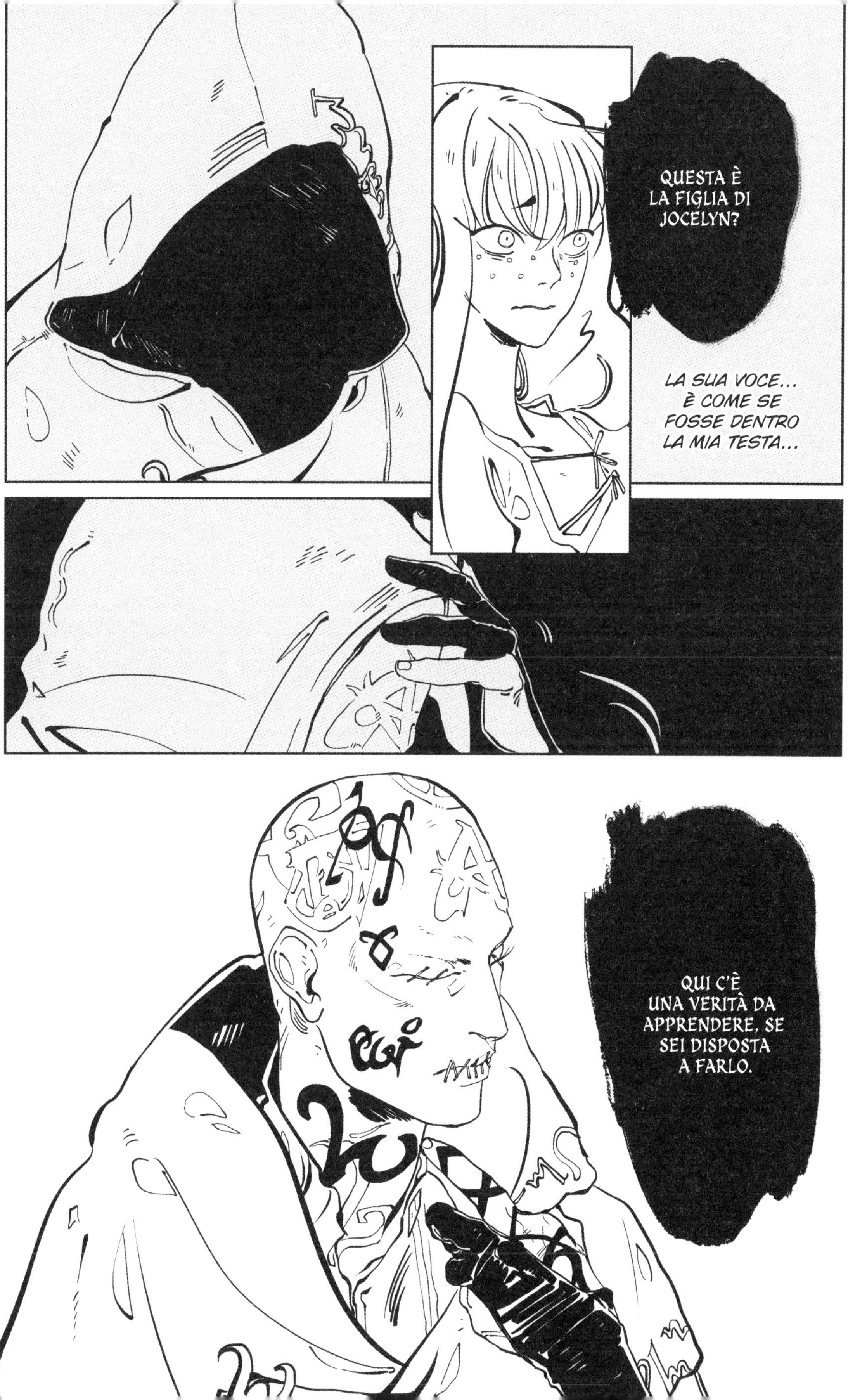
QUESTA È LA FIGLIA DI JOCELYN?
LA SUA VOCE... È COME SE FOSSE DENTRO LA MIA TESTA...
QUI C'È UNA VERITÀ DA APPRENDERE, SE SEI DISPOSTA A FARLO.

CLARY, È MOLTO PROBABILE CHE CI SIANO RICORDI SEPOLTI O NASCOSTI. FRATELLO GEREMIA LI PUÒ RAGGIUNGERE.
CI PUÒ AIUTARE A TROVARE LA COPPA MORTALE.
NON DEVI FARE NULLA CHE TU NON VOGLIA.
NON È SOLO PER LA COPPA, MAGARI C'È QUALCOSA CHE PUÒ AIUTARE MIA MADRE.
VA BENE. CI STO.

UH...
COS'È...

FREDDO...
NEVE...?
BASTA!
JACE!
LE FA MALE!

Grazie.
NOM
Allora com'è?
Morirò.

THE MORTAL INSTRUMENTS

GRAPHIC NOVEL

Capitolo 5

C'È UN BLOCCO NELLA TUA MENTE.
UN BLOCCO?

LA SUA MENTE NON PUÒ ACCEDERE AI RICORDI, SONO BLOCCATI DA UN INCANTESIMO. NON POSSO SPEZZARLO QUI. DOVRÀ VENIRE NELLA CITTÀ DI OSSA E COMPARIRE DI FRONTE ALLA FRATELLANZA.
UN INCANTESIMO?! CHI PUÒ AVERMI FATTO UN IN-CANTESIMO?
NON DOVREBBE ANDARE SE NON VUOLE...
ANDRÒ.
VOGLIO SAPERE COSA C'È NELLA MIA MENTE.
VA BENE, ALLORA VENGO CON TE.

VOLEVO CHIAMARE SIMON IERI SERA. PER VEDERE SE ERA TORNATO A CASA SANO E SALVO.
PROBA-BILMENTE È A CASA, CHE GIACE NELLA SUA BAVA. VEDRAI QUANDO ISABELLE SI STU-FERÀ DI LUI.
......
AH, ECCO IL NOSTRO PASSAGGIO.
CLOP
CLOP
IL NOSTRO PASSAGGIO? CI GUARDERANNO TUTTI!
SOLO PERCHÉ TU RIESCI A VEDERE OLTRE GLI INCANTESIMI NON SIGNIFICA CHE TUTTI I MONDANI POSSANO.
A LORO SEMBRA UNA MAC-CHINA.

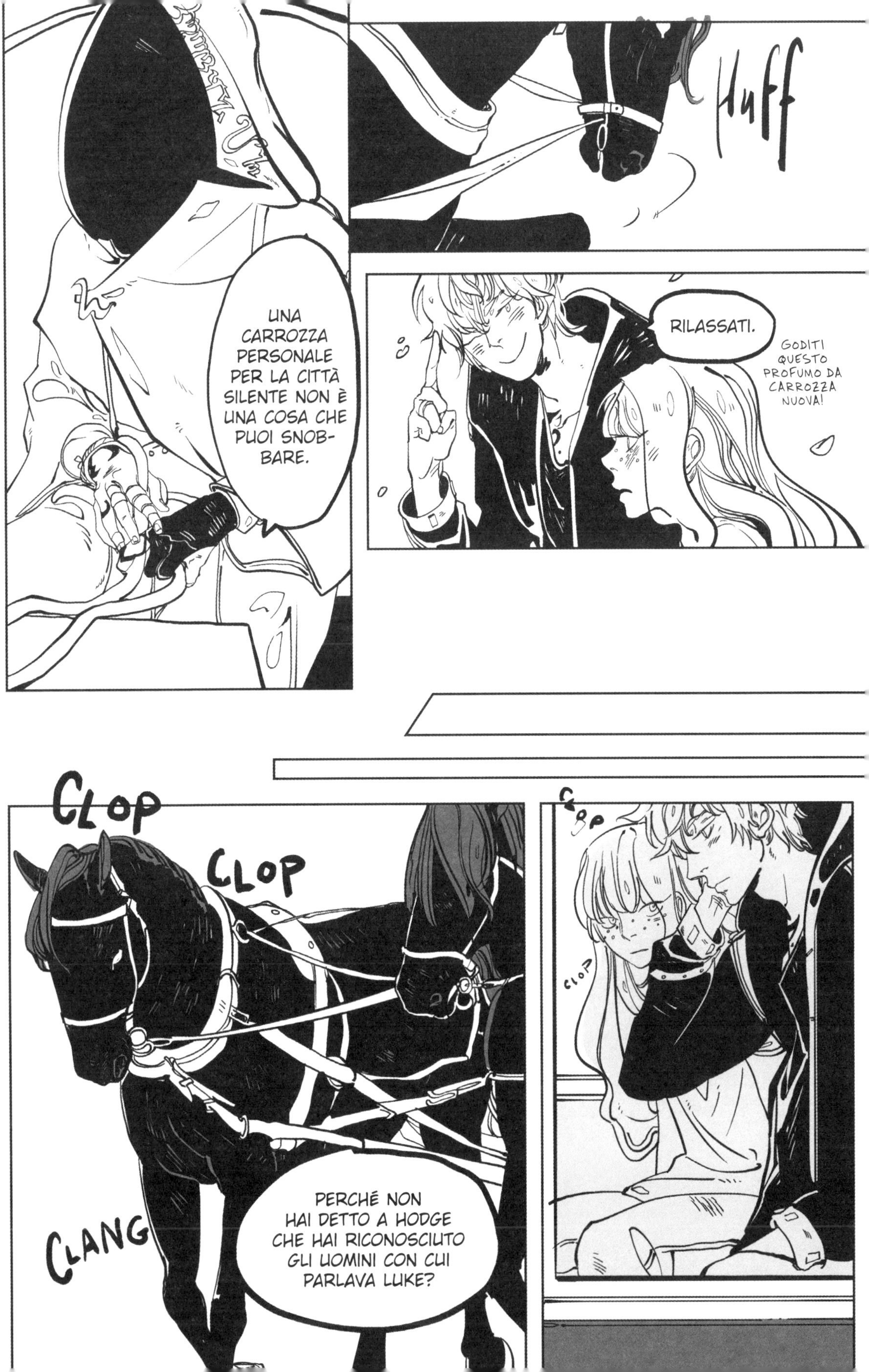
UNA CARROZZA PERSONALE PER LA CITTÀ SILENTE NON È UNA COSA CHE PUOI SNOB-BARE.
Huff
RILASSATI.
GODITI QUESTO PROFUMO DA CARROZZA NUOVA!
CLOP
CLOP
CLANG
PERCHÉ NON HAI DETTO A HODGE CHE HAI RICONOSCIUTO GLI UOMINI CON CUI PARLAVA LUKE?
CLOP
CLOP

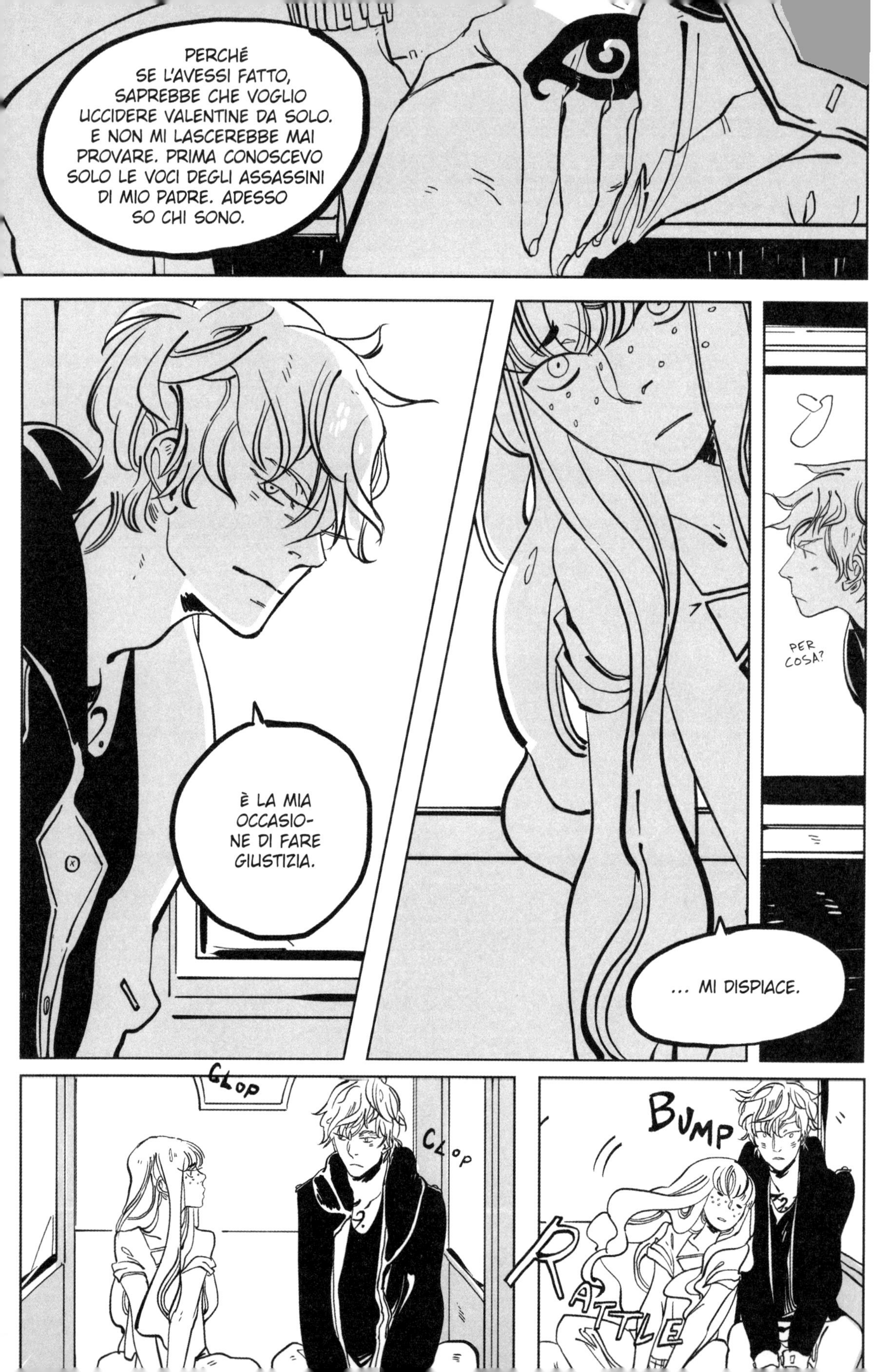
PERCHÉ SE L'AVESSI FATTO, SAPREBBE CHE VOGLIO UCCIDERE VALENTINE DA SOLO. E NON MI LASCEREBBE MAI PROVARE. PRIMA CONOSCEVO SOLO LE VOCI DEGLI ASSASSINI DI MIO PADRE. ADESSO SO CHI SONO.
È LA MIA OCCASIONE DI FARE GIUSTIZIA.
... MI DISPIACE.
PER COSA?
CLOP
CLOP
BUMP
RATTLE

CLOP
NEW YORK MARBLE CEMETERY
CLOP
SIAMO ARRIVATI.
VENITE.

M
12
FACILIS
DESCENSUS
AVERNI
FACILIS DESCENSUS AVERNI. COSA VUOL DIRE?
NEPHILIM
1234
FACILIS
DESCENSUS
AVERNI
SIGNIFICA "LA DISCESA ALL'INFERNO È FACILE".

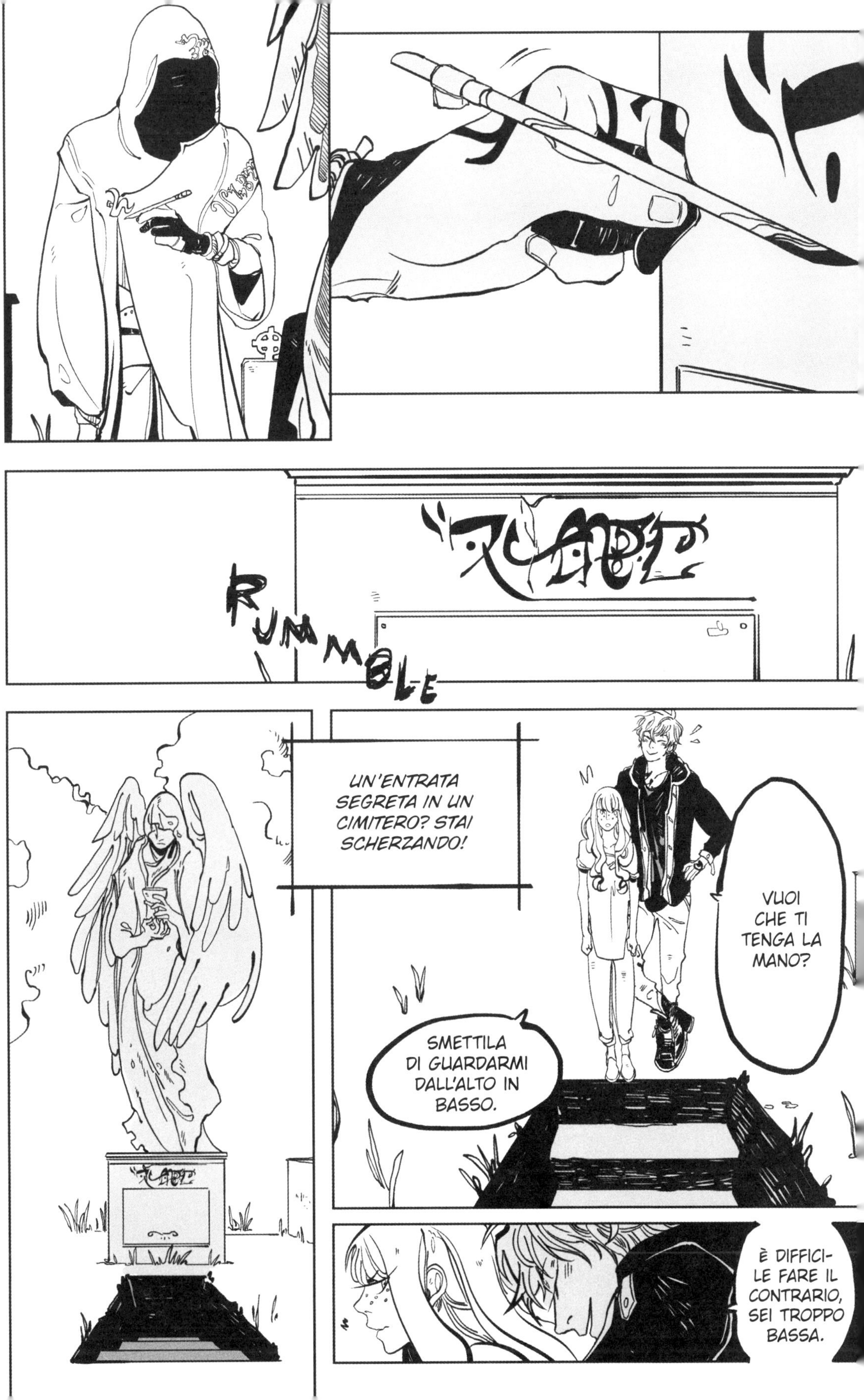
RUMMBLE
UN'ENTRATA SEGRETA IN UN CIMITERO? STAI SCHERZANDO!
VUOI CHE TI TENGA LA MANO?
SMETTILA DI GUARDARMI DALL'ALTO IN BASSO.
È DIFFICI-LE FARE IL CONTRARIO, SEI TROPPO BASSA.

BENVENUTA ALLA CITTÀ DI OSSA. QUI SEPPELLIAMO I NOSTRI MORTI.

PENSAVO AVESSI DETTO CHE ERA UNA BIBLIO-TECA.
NELLA CITTÀ SILENTE CI SONO MOLTI LIVELLI. C'È UN ALTRO OSSARIO A IDRIS.
COLORO CHE MUOIONO IN BATTAGLIA VENGONO BRUCIATI, E LE LORO CENERI VENGONO USATE PER FARE GLI ARCHI DI MARMO CHE VEDETE QUI. IL SANGUE E LE OSSA DEI CACCIATORI DI DEMONI SONO UNA POTENTE PROTEZIONE CONTRO IL MALE. ANCHE NELLA MORTE, IL CONCLAVE SERVE LA CAUSA.

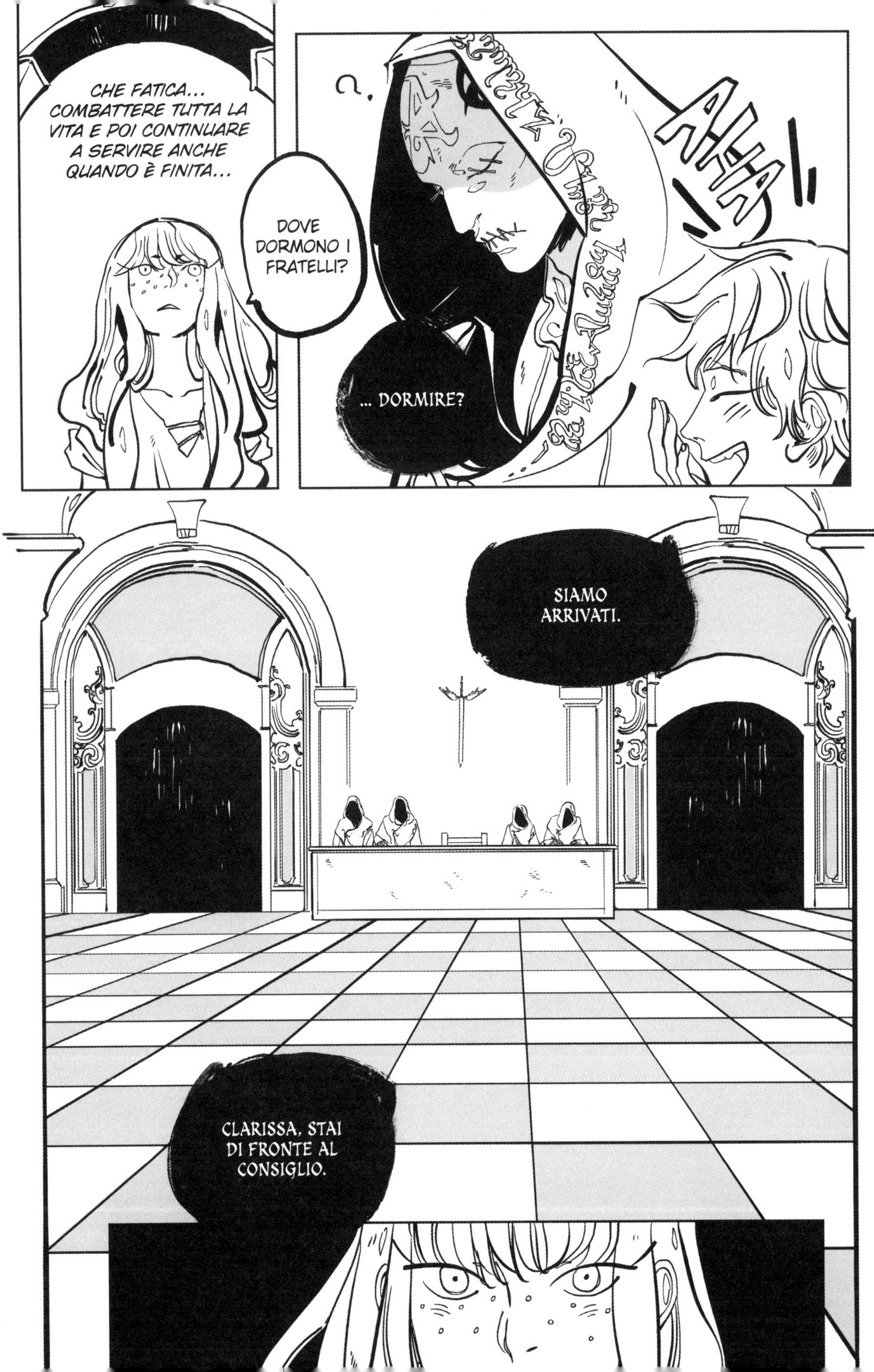
CHE FATICA... COMBATTERE TUTTA LA VITA E POI CONTINUARE A SERVIRE ANCHE QUANDO È FINITA...
DOVE DORMONO I FRATELLI?
... DORMIRE?
AHA
SIAMO ARRIVATI.
CLARISSA, STAI DI FRONTE AL CONSIGLIO.

DI' IL TUO NOME AL CONSIGLIO.
CLARISSA FRAY.
CHI SEI?
SONO CLARY. MIA MADRE È JOCELYN FRAY. VIVO A BROOKLYN, ALL'807 DI BERKELEY PLACE. HO QUINDICI ANNI. IL NOME DI MIO PADRE ERA...
Gasp!

PERCHÉ ORA, LUCIAN?
J.C.

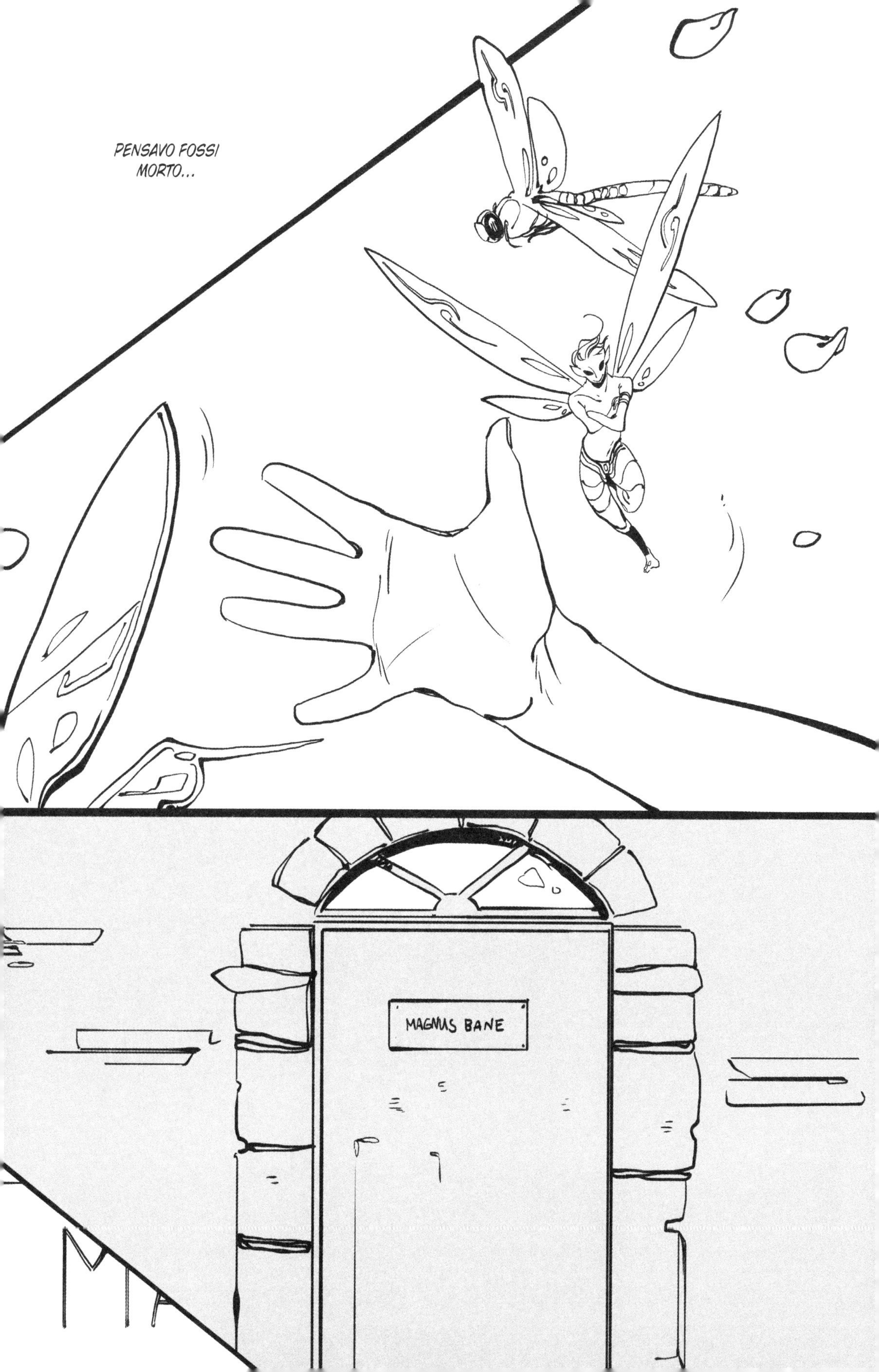
PENSAVO FOSSI MORTO...
MAGNUS BANE

MAGNUS BANE
WHUMP
MAGNUS
BANE?

AHI… SONO CADUTA SUL GOMITO…
IL BLOCCO NELLA TUA MENTE È PIÙ FORTE DI QUANTO CREDESSIMO. PUÒ ESSERE SCIOLTO SOLO DA COLUI CHE L'HA MESSO. SE TE LO TOGLIESSIMO NOI, TI UCCIDEREMMO.
NEL TUO SOGNO AD OCCHI APERTI HAI VISTO UN NOME.
MAGNUS BANE? È UN NOME?
È ABBASTANZA.
IL TUO BRACCIO STA BENE?

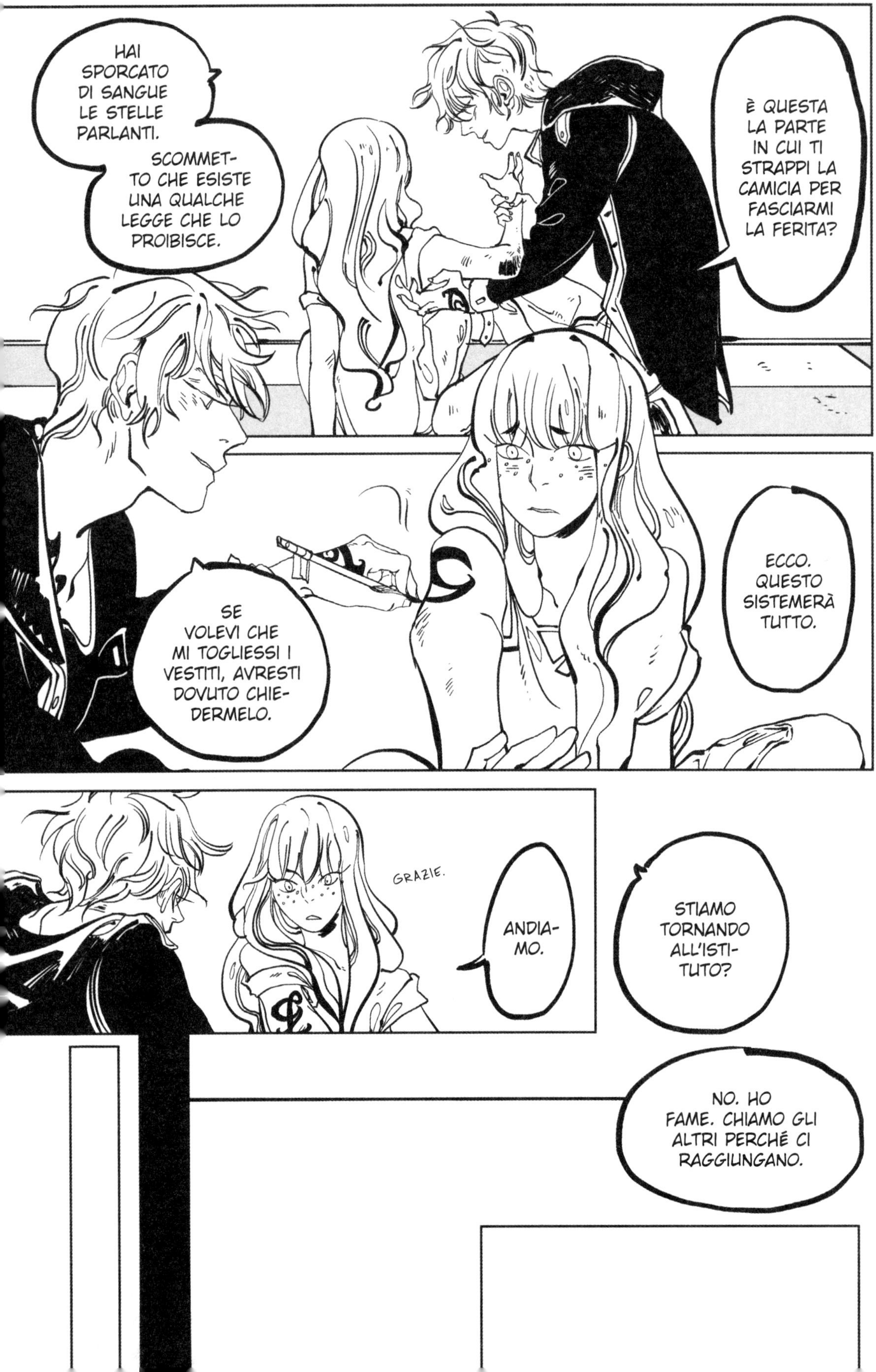
HAI SPORCATO DI SANGUE LE STELLE PARLANTI.
SCOMMETTO CHE ESISTE UNA QUALCHE LEGGE CHE LO PROIBISCE.
È QUESTA LA PARTE IN CUI TI STRAPPI LA CAMICIA PER FASCIARMI LA FERITA?
SE VOLEVI CHE MI TOGLIESSI I VESTITI, AVRESTI DOVUTO CHIEDERMELO.
ECCO. QUESTO SISTEMERÀ TUTTO.
GRAZIE.
ANDIAMO.
STIAMO TORNANDO ALL'ISTITUTO?
NO. HO FAME. CHIAMO GLI ALTRI PERCHÉ CI RAGGIUNGANO.

BENVENUTI AL MIGLIOR RISTORANTE DI NEW YORK!
Jak's Diner
IZZY STA ARRIVANDO. PORTA ANCHE IL MONDANO.
SIMON? DA DOVE È SPUNTATO?
È ARRIVATO STAMATTINA PRESTO. NON RIUSCIVA A STARE LONTANO DA IZZY, SUPPONGO. PATETICO.
UH?

JACE!
CHI È QUELLO?
VUOI DIRE CLANCY?
TIENE FUORI LE PERSONE INDESIDE-RABILI.
È UN DEMONE.
NO, NON LO È.
È UN IFRIT. SONO STREGONI PRIVI DI MAGIA, MEZZI DEMONI CHE NON POSSONO FARE INCAN-TESIMI.
POVERACCI.
OH.
ASPETTA, COSA C'È IN QUESTO MENU?
NON ORDINARE NIENTE DAL CIBO DELLE FATE. RENDE GLI UMANI UN PO' PAZZI.
MENU
PECIALI
Locuste & Miele
Carne Cruda del Giorno
Pesce Crudo Intero
Sandwich di Pipistrello Fritto
Grilli Rivestiti di Cioccolato
SMOOTHIES
Albicocca e Prugna con Miele
Mostro Verde
Menta e Melone
Pesche & Panna

A COSA SERVE LA CARNE CRUDA?
PER I LICANTROPI. ANCHE SE A VOLTE NEANCHE A ME DISPIACE UNA BISTECCA SAN-GUINOLENTA.
IL MODO IN CUI ALEC GUARDA JACE QUANDO LUI NON PRESTA ATTENZIONE...
C'È UNO SMOOTHIE ALBICOCCA E PRUGNA CHE È SEMPLICEMENTE DIVINO.
GAME ON

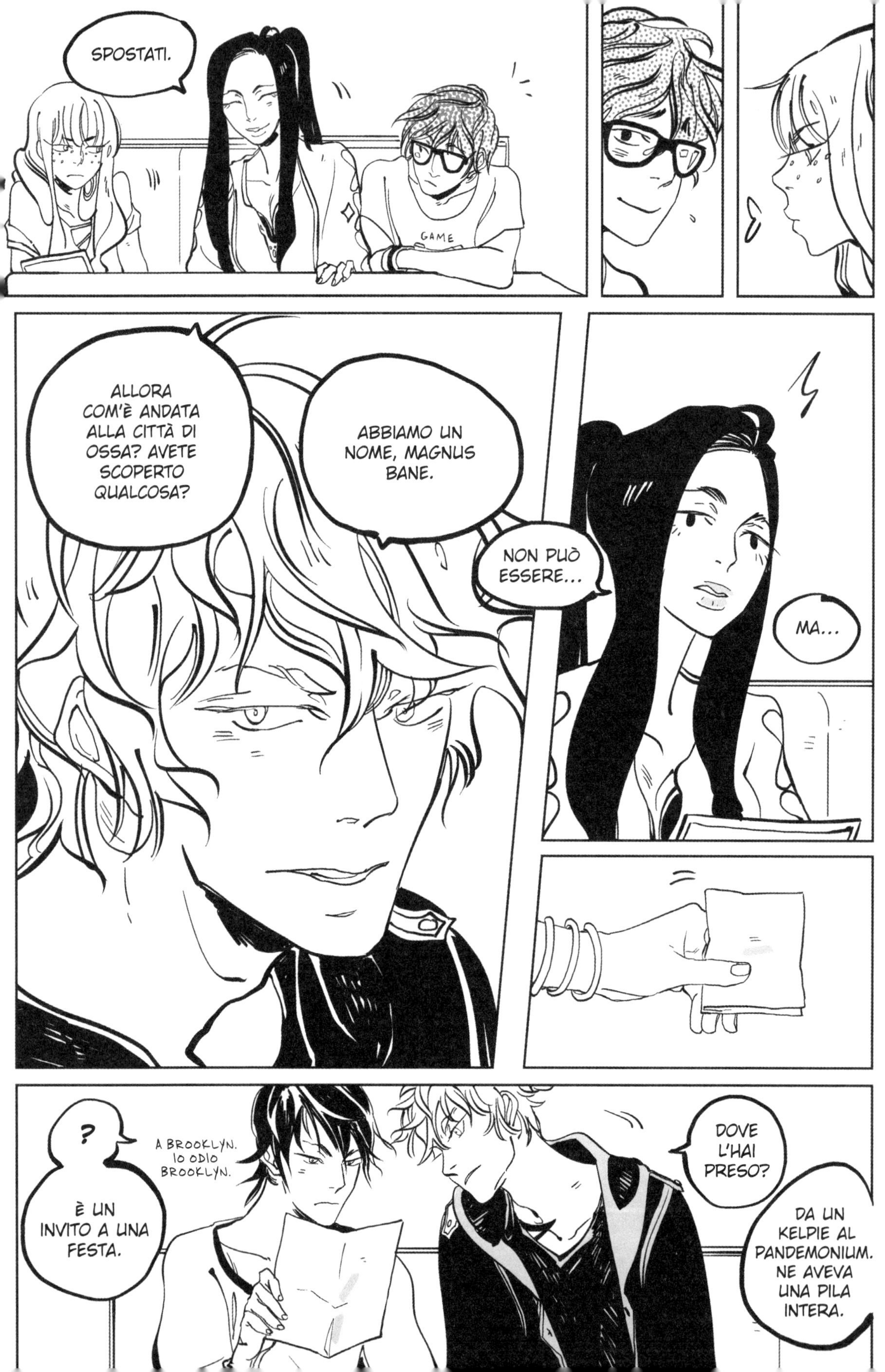
SPOSTATI.
ALLORA COM'È ANDATA ALLA CITTÀ DI OSSA? AVETE SCOPERTO QUALCOSA?
ABBIAMO UN NOME, MAGNUS BANE.
NON PUÒ ESSERE...
MA...
?
È UN INVITO A UNA FESTA.
A BROOKLYN. IO ODIO BROOKLYN.
DOVE L'HAI PRESO?
DA UN KELPIE AL PANDEMONIUM. NE AVEVA UNA PILA INTERA.

Un raduno a casa di Magnus il Magnifico Sommo Stregone di Brooklyn
Un'estatica notte di piacere al di là dei vostri sogni più sfrenati.
A mezzanotte
MAGNUS, COME MAGNUS BANE?
DUBITO CHE CI SIANO MOLTI STREGONI DI NOME MAGNUS IN QUESTA ZONA DEGLI STATI UNITI.
mmh..
QUI DICE CHE MAGNUS BANE È IL SOMMO STREGONE DI BROOKLYN.
SIGNIFICA CHE DOBBIAMO ANDARE A UNA FESTA?
IO SONO CURIOSO DI SCOPRIRE COSA CI FA IL NOME DEL SOMMO STREGONE DI BROOKLYN NELLA TUA TESTA.
MA LA FESTA INIZIA SOLO A MEZZANOTTE. ABBIAMO TEMPO DA PERDERE.
...

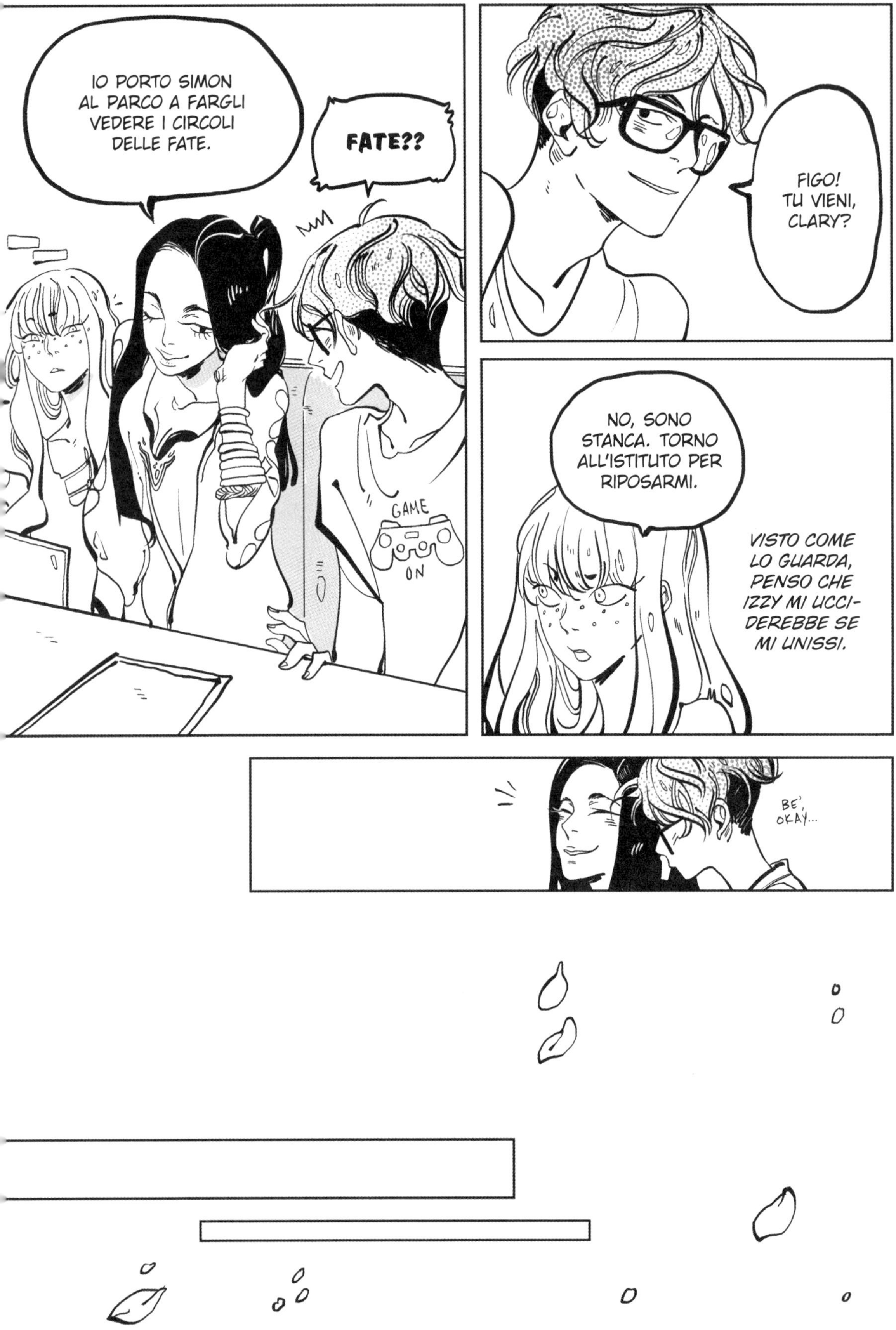
IO PORTO SIMON AL PARCO A FARGLI VEDERE I CIRCOLI DELLE FATE.
FATE??
GAME ON
FIGO! TU VIENI, CLARY?
NO, SONO STANCA. TORNO ALL'ISTITUTO PER RIPOSARMI.
VISTO COME LO GUARDA, PENSO CHE IZZY MI UCCI-DEREBBE SE MI UNISSI.
BE', OKAY...

GRAZIE PER LA PASSEGGIATA. AVEVO BISOGNO DI UN PO' D'ARIA.
Hm!
NON VENIAMO QUI SPESSO. È TERRITORIO DELLE FATE.
?
COSA INTENDI?
GAME ON

LE PERSONE PENSANO DI POTER CONTROLLARE GLI SPAZI VERDI, MA NON È COSÌ.
È DOVE IL POPOLO FATATO È PIÙ FORTE.
E NON SONO AMICHEVOLI?
ALCUNE SÌ, ALTRE NO. GUARDA.

LA VEDI QUELLA?
GAME
NO, NON SONO MAGICO. NON SONO COME CLARY.
SONO UN RAGAZZO ORDINARIO.

IO NON PENSO CHE TU SIA ORDINARIO.

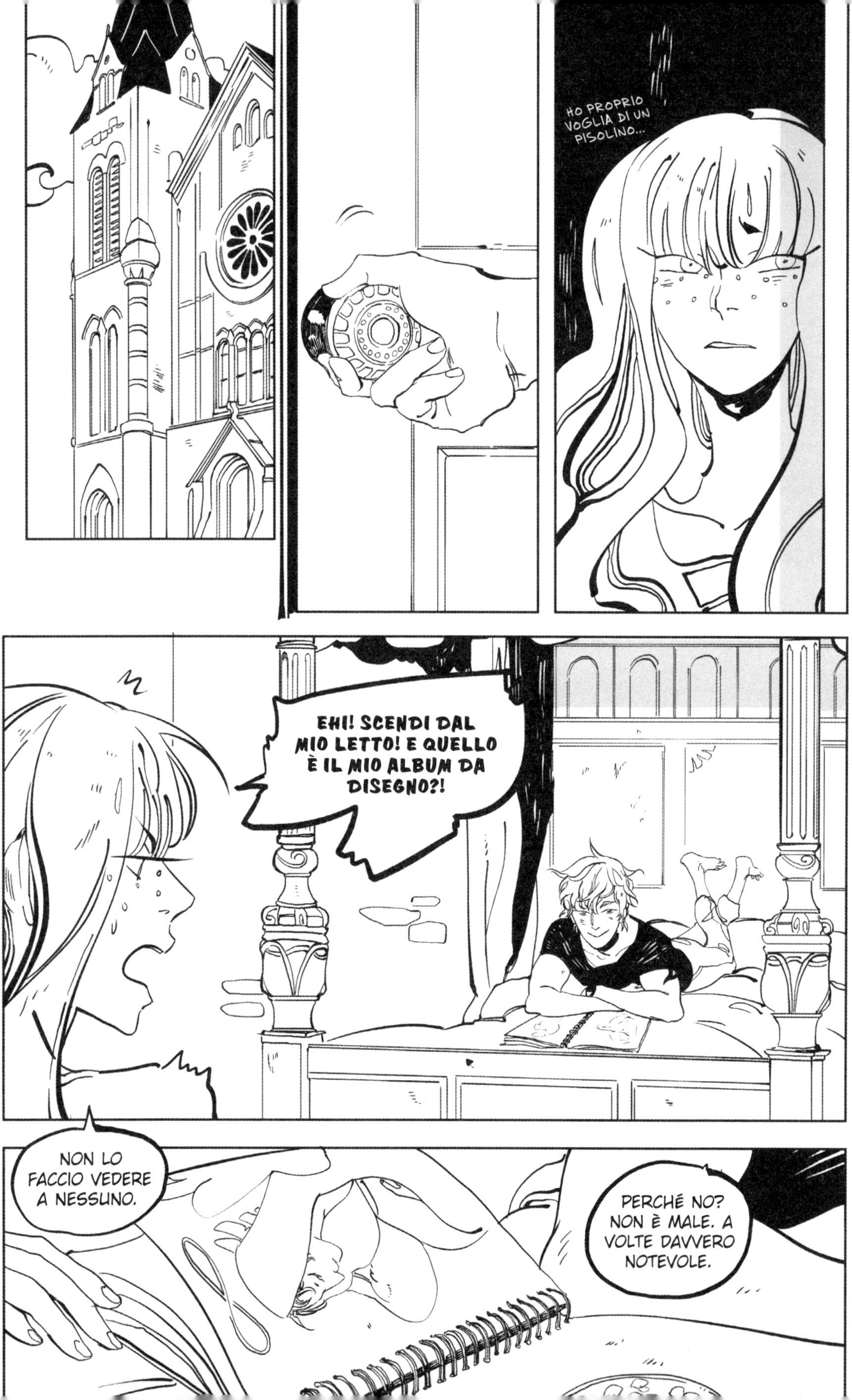
HO PROPRIO VOGLIA DI UN PISOLINO...
EHI! SCENDI DAL MIO LETTO! E QUELLO È IL MIO ALBUM DA DISEGNO?!
NON LO FACCIO VEDERE A NESSUNO.
PERCHÉ NO? NON È MALE. A VOLTE DAVVERO NOTEVOLE.

BE', PERCHÉ È COME UN DIARIO. IO PENSO PER IMMAGINI, NON IN PAROLE.
ALBUM
ALBUM
UN DIARIO SENZA DISEGNI DI ME? DOVE SONO LE TUE TORRIDE FANTASIE?
TUTTE LE RAGAZZE CHE INCONTRI SI INNAMORANO DI TE?
NON È AMORE...

SE SEI STANCA, TI POSSO RACCONTARE UNA STORIA DELLA BUONANOTTE.
COSA?
SEI SERIO?
SONO SEMPRE SERIO.
... OKAY.
BENE. ORA CHIUDI GLI OCCHI.

BACIALO
ANCORA

THE MORTAL INSTRUMENTS

GRAPHIC NOVEL

Capitolo 6

C'ERA UNA VOLTA UN BAMBINO.
UN BAMBINO SHADOWHUNTER?
CERTO.
QUANDO IL BAMBINO AVEVA SEI ANNI, SUO PADRE GLI DIEDE UN FALCO DA ADDESTRARE. AL FALCO NON PIACEVA IL BAMBINO, E AL BAMBINO NON PIACEVA QUELL'UCCELLO.
IL SUO BECCO AFFILATO LO RENDEVA NERVOSO, E I SUOI OCCHI BRILLANTI SEMBRAVANO OSSERVARLO TUTTO IL TEMPO.
LO GRAFFIAVA CON IL BECCO E CON LE ZAMPE QUANDO GLI SI AVVICINAVA. PER SETTIMANE, LE MANI E I POLSI DEL BAMBINO SANGUINAVANO SEMPRE.
MA IL BAMBINO CI PROVAVA, PERCHÉ IL PADRE GLI AVEVA DETTO DI RENDERE IL FALCO OBBEDIENTE, E LUI VOLEVA FAR CONTENTO IL PADRE.

STAVA CON IL FALCO TUTTO IL TEMPO, GLI SUONAVA ANCHE DELLA MUSICA. AVREBBE DOVUTO TENERLO SEMPRE INCAPPUCCIATO MA NON RIUSCÌ A FARLO. LO TOCCAVA E GLI ACCAREZZAVA LE ALI, IN MODO CHE SI FIDASSE DI LUI. GLI DAVA IL CIBO DALLA MANO. ALL'INIZIO IL FALCO NON MANGIAVA. POI BECCAVA COSÌ SELVAGGIAMENTE CHE GLI TAGLIAVA LA MANO.
MA IL BAMBINO ERA FELICE PERCHÉ ERA UN PROGRESSO.
INIZIÒ A NOTARE CHE IL FALCO ERA BELLISSIMO, CHE LE SUE ALI ERANO FATTE PER VOLARE VELOCE, CHE ERA FORTE E AGILE, FEROCE E GENTILE.
ALLA FINE, L'UCCELLO GLI SI POSAVA SULLA SPALLA E GLI INFILAVA IL BECCO TRA I CAPELLI. LUI SAPEVA CHE IL SUO FALCO LO AMAVA.

QUANDO FU SICURO CHE IL FALCO FOSSE PERFETTAMENTE ADDESTRATO, ANDÒ DAL PADRE E GLI MOSTRÒ COSA AVEVA FATTO. SI ASPETTAVA CHE FOSSE FIERO DI LUI.
INVECE, IL PADRE PRESE TRA LE SUE MANI L'UCCELLO, ORMAI ADDESTRATO E FIDUCIOSO, E GLI SPEZZÒ IL COLLO.
"TI AVEVO DETTO DI RENDERLO OBBEDIENTE" DISSE SUO PADRE, FACENDOLO CADERE PER TERRA. "INVECE, GLI HAI INSEGNATO AD AMARTI. QUELL'UCCELLO NON ERA AMMAESTRATO, ERA ROVINATO."

......
JACE...
PREFERIREI METTERMI I MIEI VESTITI. QUESTO È TROPPO CORTO!
NON È CORTO, VA BENE!
ANCHE SE SU DI ME È UNA CANOTTA...
ADESSO SIEDITI. TI FACCIO IL TRUCCO.
TUTTO QUESTO PER UNA FESTA?

ISABELLE, POSSO CHIEDERTI UNA COSA?
CERTO.
COSA?
ALEC È GAY?
PUFF
COME L'HAI CAPITO? NON DIRLO A NESSUNO.
SCUSA.
NEANCHE A JACE?
NO!
OKAY... NON PENSAVO CHE FOSSE NIENTE DI CHE.
LO SAREBBE PER I MIEI GENITORI. LO DISEREDEREBBERO E LO CACCEREBBERO DAL CONCLAVE...
PERCHÉ, NON PUOI ESSERE UNO SHADOWHUNTER GAY?
NON C'È UNA REGOLA UFFICIALE. MA ALLA GENTE NON PIACE... VOGLIO BENE A MIO FRATELLO. FAREI TUTTO PER LUI. MA NON C'È NULLA CHE POSSA FARE.

NON NE HO IDEA.
MA NON SONO IO A DOVER DECIDERE.
PENSI DAVVERO CHE PER JACE SAREBBE... UN PROBLEMA?
IL VOSTRO GATTO MI FISSA...
SI CHIAMA CHURCH.
....
....
MI SENTO GIUDICATO...

CLARY! COS'HAI ADDOSSO??
È CORTISSIMO!
SI CHIAMA VESTITO, MONDANO.

MI PIACE IL VESTITO.
GLI SERVE UN PICCOLO EXTRA, PERÒ.
ECCO.
NON SO NEANCHE COME USARLO…
IMPARERAI. CE L'HAI NEL SANGUE.

QUESTO È L'INDIRIZZO.
GUARDA.
VAMPIRI.
A ME SEMBRANO MOTO.
LO SONO.
MA SONO STATE MODIFICATE PERCHÉ VADANO A ENERGIA DEMONIACA.
HO SENTITO CHE ALCUNE POSSONO ADDIRITTURA VOLARE.

RAGAZZI, DIAMOCI UNA MOSSA.
BZZZZZZZ
BZZZZZ
BZZZ
SMETTILA, NON ESSERE MA-LEDUCATA...
BAM
UH...

MAGNUS? MAGNUS BANE?
IN PERSONA.
FIGLI DEI NEPHILIM. BENE, BENE. NON RICORDO DI AVERVI INVITATI.
UHM...
IO HO UN INVITO.
MMH...
... DOVE-VO ESSERE UBRIACO.

ENTRATE.
Sigh
E CERCATE DI NON UCCIDERE NESSUNO DEI MIEI OSPITI.
Bum Bum
Bum
Chomp
WOW...

ASPETTA! DOVE SONO ANDATI??
TI PIACE LA FESTA?
AH, È PER QUALCOSA?
IL COMPLEANNO DEL MIO GATTO.
DOV'È IL TUO GATTO?
NON LO SO. È SCAPPATO.
CIAO.
DOVE SONO SIMON E ISABELLE?
ECCOVI!

Mh?
STANNO BALLANDO.
M
ABBIAMO BISOGNO DI PARLARTI. SE POSSIBILE IN PRIVATO.

SONO NEI GUAI CON IL CON-CLAVE?
NO.
PROBABIL-MENTE NO.
POSSIAMO PARLARTI SOTTO IL SIGILLO DELL'ALLEANZA. SE CI AIUTI, TUTTO QUELLO CHE DIRAI SARÀ CONFIDENZIALE.
UMPF
MOLTO BENE.
NON MI SEMBRA DI AVERE SCELTA IN OGNI CASO.
PERU
GUIDE BOOK
QUINDI.

COSA AVETE NELLE VOSTRE PICCOLE MENTI DEVIATE?
NON SONO LORO, IN REALTÀ.
SONO IO QUELLA CHE TI VOLEVA PARLARE.
QUALCUNO HA CANCELLATO I SUOI RICORDI. ALLORA SIAMO ANDATI ALLA CITTÀ D'OSSA PER VEDERE COSA RIUSCIVANO A TROVARE NELLA SUA TESTA I FRATELLI.
HANNO VISTO DUE PAROLE. INDOVINA COS'ERANO.
... LA MIA FIRMA.
HAI FIRMATO LA MIA MENTE?!
ERO FIERO DEL LAVORO CHE AVEVO FATTO SU DI TE.
COSÌ PULITO, COSÌ PERFETTO. CHE TI FACEVA DIMENTICARE QUELLO CHE VEDEVI ANCHE MENTRE LO VEDEVI.

ERA COSÌ CHE LO VOLEVA.
CHI LO VOLEVA?
TUA MADRE.
... PERCHÉ?
NON LO SO. FACCIO SOLO QUELLO PER CUI SONO PAGATO.
....
GIÙ
È STATA SOLO UNA VOLTA...?
COSA VOLEVA CHE DIMENTICASSI...?
NON PENSO CHE TU CAPISCA.
LA PRIMA VOLTA CHE TI HO VISTA, DOVEVI AVERE CIRCA DUE ANNI.

AHAH
ADORAVI IL MIO GATTO.
TUA MADRE MI HA DETTO CHE ERA UNA SHADOWHUNTER.
MI HA CHIESTO SE FOSSE POSSIBILE TOGLIERTI LA VISTA.
LE DISSI CHE MENOMARE QUELLA PARTE DELLA TUA MENTE POTEVA DANNEGGIARTI.
MI CHIESE SE CI FOSSE UN ALTRO MODO.
LE DISSI CHE POTEVO FARTI DIMENTICARE QUELLE PARTI DEL MONDO DELLE OMBRE, ANCHE MENTRE LE VEDEVI.
...
L'UNICA CONTROINDICAZIONE ERA CHE SAREBBE DOVUTA TORNARE DA ME OGNI DUE ANNI, QUANDO L'INCANTESIMO INIZIAVA A SVANIRE.
E LO FECE?
TI HO VISTA OGNI DUE ANNI DA QUEL GIORNO.
TI HO VISTA CRESCERE.

SE SCIOGLI L'INCANTE-SIMO...
... POTRÒ RI-CORDARE TUTTO QUELLO CHE HO DIMENTICATO?
NON POSSO SCIOGLIERLO.
COSA?!
...
NON SAI COME DISSOL-VERLO?
L'INCANTESIMO, INTENDO.
SCIOGLIERE UN INCANTESIMO È PIÙ DIFFICILE CHE LANCIARLO.
INOLTRE, HA GIÀ INIZIATO A SVANIRE... AVREBBE DOVUTO VENIRE DA ME TEMPO FA. GLI EFFETTI DIMINUIRANNO NEL TEMPO.

VOGLIO SOLO ESSERE CHI SONO VERAMENTE.
TSK.
VA BENE, ASCOLTATE. NON POSSO ANNULLARE QUELLO CHE HO FATTO, MA POSSO DARVI QUALCOS'ALTRO.
È UNA COPIA DEL LIBRO GRIGIO?
MA È VERDE...

IL LIBRO DEL GRIMORIO CONTIENE OGNI RUNA CHE L'ANGELO RAZIEL SCRISSE NEL LIBRO DELL'ALLEANZA ORIGINALE.
ORA...
... QUANDO APRO IL LIBRO, VOGLIO CHE TU STUDI LA PAGINA. GUARDALA FINCHÉ NON SENTI QUALCOSA.
RICORDA.

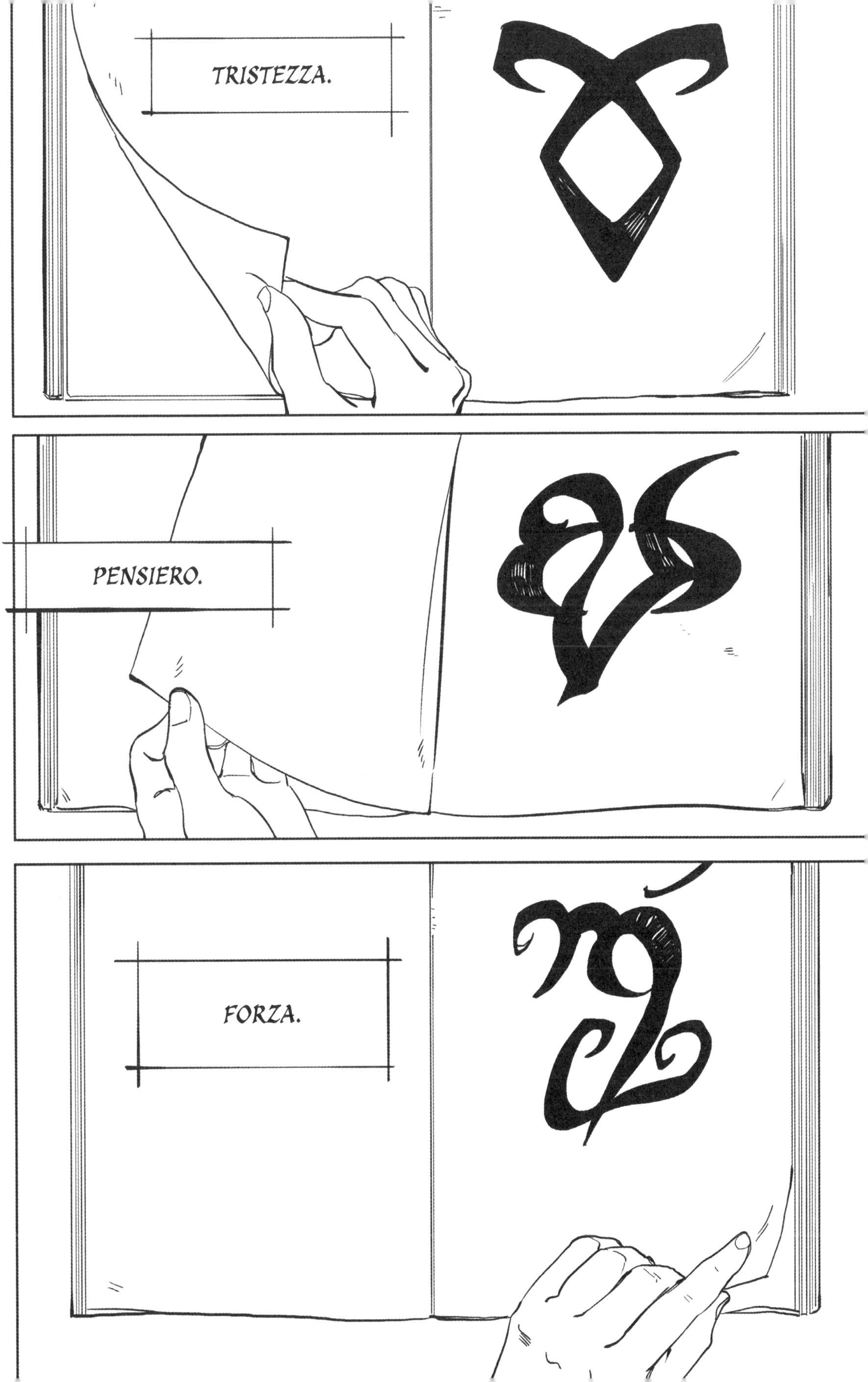
TRISTEZZA.
PENSIERO.
FORZA.

PROTEZIONE.
GRAZIA.
BASTA.
ASPETTA!
SE LEGGESSI TUTTE LE RUNE IN UNA VOLTA, TI VERREBBE UN GRAN MAL DI TESTA.
LA MAGGIOR PARTE DEI BAMBINI CRESCE IMPARANDO UNA RUNA PER VOLTA PER ANNI. IL LIBRO GRIGIO CONTIENE RUNE CHE NON CONOSCO NEANCH'IO.
MA...
PENSA.

MAGNUS TI HA FATTO VEDERE LA RUNA DELLA COMPRENSIONE E DEL RICORDO. SERVE AD APRIRE LA MENTE E PER RICONOSCERE GLI ALTRI MARCHI.
SÌ, PUÒ ANCHE SERVIRE AD ATTIVARE I TUOI RICORDI.
È IL MEGLIO CHE POSSO FARE.
CONTINUO A NON RICORDARMI NIENTE DELLA COPPA MORTALE.
È DI QUESTO CHE SI TRATTA? LA COPPA DELL'ANGELO?
GUARDA, IO SONO ENTRATO NEI TUOI RICORDI. NON C'ERA NIENTE SUGLI STRUMENTI MORTALI.
STRUMENTI MORTALI? PENSAVO...
L'ANGELO HA DATO TRE OGGETTI AI PRIMI SHADOWHUNTER. UNA COPPA, UNA SPADA E UNO SPECCHIO. I FRATELLI SILENTI HANNO LA SPADA. LA COPPA E LO SPECCHIO ERANO A IDRIS.

NESSUNO SA DOVE SIA LO SPECCHIO. SONO ANNI CHE NESSUNO LO SA.
È LA COPPA CHE CI PREOCCUPA.
VALENTINE LA STA CERCANDO.
E VUOI ARRIVARCI PRIMA TU? SOLO UNO STUPIDO SI METTEREBBE TRA VALENTINE E LA SUA VENDETTA.
NON SEMBRI STUPITO DI SENTIRE CHE VALENTINE È ANCORA VIVO.
TU LO SEI?
QUINDI NON CI AIUTERAI A TROVARE LA COPPA MORTALE?
NON LO FAREI NEANCHE SE POTESSI. E COMUNQUE, NON POSSO.
MA SENZA LA COPPA, NON POSSIAMO...
CREARE ALTRI SHADOWHUNTER? NON A TUTTI SEMBRA UNA TRAGEDIA COME A VOI.

ORA, SE ABBIAMO FINITO...
... MI PIACEREBBE TORNARE ALLA MIA FESTA PRIMA CHE I MIEI OSPITI INIZINO A MANGIARSI A VICENDA.
Sciò!
DOVE SEI STATO??
È UN RATTO.
DOV'È SIMON?
COSA? TI HA FATTO QUAL-COSA?
COSA?
NO, NON IN QUEL SENSO. È UN RATTO. HA BEVUTO UNO DI QUEI DRINK BLU.
E SI È TRASFOR-MATO IN UN RATTO.
UN RATTO?! DOV'È??
SI È NASCOSTO SOTTO IL BAN-CONE.
NON POSSO CREDERE CHE TU LO ABBIA LASCIATO LÌ!

STUMP
SIMON?!
SQUEEK
SIMON?
SEI TU?

SONO IO, CLARY. STAI BENE?
OH, PO-VERO SIMON, ANDRÀ TUTTO BENE!
ZITTO!! DOBBIAMO TROVARE MAGNUS!
NON MI DISPIACEREI TROPPO PER LUI. PROBABILMENTE NON È MAI STATO COSÌ VICINO A UNA RAGAZZA PRIMA.
...

UN COMUNE RATTO MARRONE. NIENTE DI ESOTICO.
NON MI INTERESSA CHE TIPO DI RATTO È! VOGLIO CHE LO RITRASFORMI.
AHAH AH
NON SERVE.
NON SERVE?! COME PUOI DIRE CHE NON SERVE?!!
PERCHÉ TORNERÀ NORMALE TRA POCHE ORE. GLI EFFETTI DEL COCKTAIL SONO TEMPORANEI.
SEI UNO STREGONE. NON PUOI SEMPLICEMENTE ANNULLARE L'INCANTE-SIMO?

NO.
VUOL DIRE CHE NON VUOI FARLO.
NON GRATIS, TESORO, E NON TE LO PUOI PERMETTERE.
AH AH
AH!
BASTA! LA FESTA È FINITA!
TUTTI FUORI!
Awww..
TIENILO NEL TUO ZAINO PER ORA.
SIGH
SCUSA, SIMON.

BUMP
SCUSAMI, BELLEZZA.
IDIOTA.
NON SO PERCHÉ FACCIO QUESTE FESTE.
PER IL TUO GATTO.
GIUSTO, PRESIDENTE MIAO MERITA OGNI MIO SFORZO.
DOVREI DIRE CHE È STATO UN PIACERE CONOSCERVI TUTTI, MA NON LO È STATO. NON CHE NON SIATE TUTTI ABBASTANZA CARINI.
ORA ANDATE.

TU, INVECE...
WINK
... CHIAMAMI.
... C-COSA?
UH... IO...
...
ANDIAMO.

UN'ULTIMA COSA, CLARY.
RICORDATI CHE QUANDO TUA MAMMA È SCAPPATA DAL MONDO DELLE OMBRE, NON SI STAVA NASCONDENDO DAI MOSTRI.
...
NON DAGLI STREGONI, DAI LICANTROPI, NEMMENO DAI DEMONI STESSI. MA DA LORO... ***GLI SHADOW-HUNTER.***

Capitolo 7

NON TI SEI DIVERTITO ALLA FESTA, ALEC?
NO.
PENSAVO CHE MAGNUS TI FOSSE PIACIUTO. CHE POTESTE DIVENTARE AMICI.
HO GIÀ DEGLI AMICI.
...
MH?
PERCHÉ IL MIO ZAINO È APERTO?

SIMON! NON C'È PIÙ!
È USCITO?
LA ZIP È STRAPPATA DA FUORI.
QUALCUNO LO HA APERTO CON LA FORZA!
TORNIAMO INDIETRO.
ALEC! ISABELLE! ANDATE AVANTI! VI RAGGIUNGIAMO.
!?
?!
OK!

BZZZZZ
BANE
CHI OSA DISTURBARE IL MIO RIPOSO?
BANE
JACE WAYLAND, TI RICORDI? DEL CONCLAVE.
Oh sì. Sei quello con gli occhi azzurri?
INTENDE ALEC.
NO, I MIEI OCCHI DI SOLITO VEN-GONO DESCRITTI COME DORATI. E LUMINOSI.

Ah, sei *quello* là.
Sali, se proprio devi.
SIIGH...
QUELLO
LÀ
È SPARITO?
MAGARI SI STA NASCON-DENDO SOTTO QUALCOSA.
MENTRE CE NE STAVAMO ANDANDO, UNO DEI TUOI OSPITI SI È SCONTRATO CON CLARY. PEN-SO CHE ABBIA PRESO IL RATTO.
SIMON, VOGLIO DIRE.

E?
E...
HO BISOGNO DI SCOPRIRE CHI ERA.
SIGH
VA BENE.
HO VISTO UNO DEI VAMPIRI DELLA TANA DI UPTOWN ANDARSENE CON UN RATTO MARRONE. HO PENSATO CHE FOSSE UNO DEI LORO.
A VOLTE SI TRASFORMANO IN RATTI O PIPISTRELLI QUANDO SI UBRIACANO.
SNAP
DOV'È LA LORO TANA? È LÌ CHE SONO ANDATI, NO?
NON MI METTERÒ CONTRO I FIGLI DELLA NOTTE PER UNA MONDANA CHE NEANCHE CONOSCO.

HAI GIOCATO CON IL MIO CERVELLO! HAI PRESO I MIEI RICORDI. NON PUOI FARE ALMENO QUESTO PER ME?
...
IL VECCHIO HOTEL DUMONT. UPTOWN.
GRAZIE...
SLAM

POTREBBE VOLERCI UN PO'. PUOI PRENDERE IL MIO GOLF.
OKAY.
HOTEL DUMORT
HANNO MURATO LA PORTA. COME FACCIAMO A ENTRARE?
HOTEL DUMORT

FACENDO EFFRAZIONE. PROVIAMO DAL VICOLO.
COS'È QUELLO?
OSSA DI CANE, DI GATTO. GUARDARE LA SPAZZATURA DEI VAMPIRI NON È PIACEVOLE.
ALMENO SIAMO NEL POSTO GIUSTO.
DIOS MÍO. NON SIETE DI QUESTE PARTI, VERO?
!
!

NON DOVRESTE STARE QUI. QUESTO POSTO È PERICOLOSO.
STAVAMO CERCANDO DI ENTRARE NELL'HOTEL.
PERCHÉ VORRESTE FARE UNA COSA SIMILE?
QUANTO TI PAGANO PER TENERE FUORI LA GENTE?
CHI SAREBBE A PAGARMI, CHICO?

I VAMPIRI. QUANTO TI PAGANO?
O È QUALCOS'ALTRO?
TI HANNO DETTO CHE TI AVREBBERO RESO UNO DI LORO, TI HANNO OFFERTO LA VITA ETERNA? PERCHÉ NON NE VALE LA PENA. LA VITA SEMBRA MOLTO LUNGA QUANDO NON VEDI MAI LA LUCE DEL SOLE, *CHICO*.
IL MIO NOME È RAPHAEL, NON *CHICO*.
LOS VAMPIROS, GLI ANIMALI SUCCHIASANGUE. ANCHE PRIMA CHE L'ALBERGO FOSSE MURATO C'ERANO STORIE, SI SENTIVA RIDERE TARDI DI NOTTE, DEI SUONI…
LI HAI MAI VISTI?
MIO FRATELLO E I SUOI AMICI PENSAVANO CHE FOSSE UNA BUONA IDEA ENTRARE NEL-L'HOTEL E UCCIDERE I MOSTRI.

NON SONO MAI PIÙ USCITI.
ADESSO SAI PERCHÉ A VOLTE CAMMINO DA QUESTE PARTI NEL CUORE DELLA NOTTE.
HOTEL DUMORT
IL MIO AMICO È LÌ DENTRO.
SIAMO VENUTI A PREN-DERLO.
NON TI PREOCCU-PARE. HO GIÀ UCCISO MOLTI VAMPIRI... I LORO CUORI NON BATTONO, MA POSSONO ANCORA MORIRE.
VOGLIO VENIRE CON VOI.
NO.
POSSO MOSTRARVI COME EN-TRARE.
MIO FRATELLO SI È INTRO-DOTTO DALLA CANTINA.
FRUSSSH

HALL

HAI MAI VISTO UN VAMPIRO, RAPHAEL?
SO CHE ASPETTO HANNO.
DOVE SONO, COMUNQUE?
DI SOPRA, PROBABIL-MENTE.

Di Sopra...
COME FAREMO A TROVARE SIMON?
IO—
AHHH
?!
RAPHAEL?

SE N'È ANDATO!
LÌ.

RAPHAEL? STAI BENE?
MI ERA SEMBRATO DI VEDERE UN MOVIMENTO.
RAPHAEL?

!
JACE! CO-
S'HAI—?!

NON MI HAI BECCATO IL CUORE.
QUANDO L'HAI CAPITO?
L'HO IMMAGINATO NEL VICOLO. POI HO VISTO UNA CICATRICE A FORMA DI CROCE SULLA TUA GOLA.
NON ERA TUO FRATELLO CHE È ENTRATO CERCANDO I MOSTRI E NON È MAI USCITO, VERO?
ERI TU.
MOLTO SVEGLIA. MA DOVRESTE **GUARDARE IN ALTO.**
?

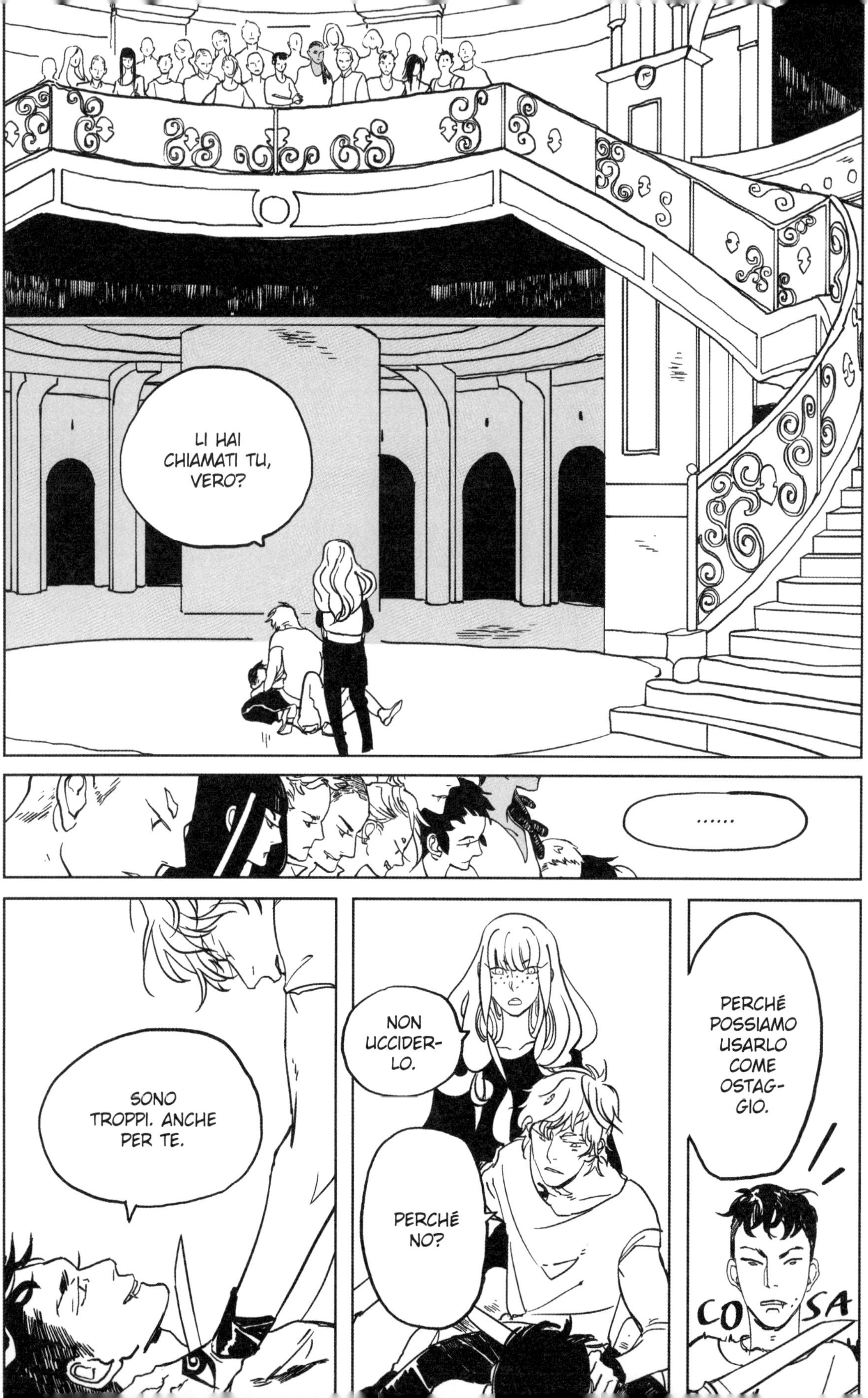
LI HAI CHIAMATI TU, VERO?
......
SONO TROPPI. ANCHE PER TE.
NON UCCIDER-LO.
PERCHÉ NO?
PERCHÉ POSSIAMO USARLO COME OSTAG-GIO.
COSA

NON È DIVER-TENTE.
NON STA RIDENDO NESSU-NO.
NON MUOVETEVI! O QUELLA LAMA FINIRÀ NEL CUORE DI RAPHAEL!
SHADOWHUNTER NEL NOSTRO TERRITORIO. IO DICO DI UCCIDERLI.
BASTA, LILY. È RAPHAEL IL CAPO.
COSA PENSATE DI UNO SCAMBIO?
UNO DI VOI HA IL MIO AMICO SIMON.
SEI AMICA DI UN VAMPI-RO?

È, UH…
UN PICCOLO RATTO MARRONE.
PIÙ O MENO.
QUALCUNO PUÒ AVER PENSATO CHE FOSSE UN ANIMALE DOMESTICO, O…
VUOI SCAMBIARE LA VITA DI RAPHAEL… CON UN RATTO?
INTENDI QUESTO QUI?
TMP
TMP
CAVOLO, PENSAVO CHE FOSSE ZEKE. MI CHIEDEVO PERCHÉ SI COMPORTASSE COSÌ.
IO DICO CHE LO POSSONO TENERE. MI HA GIÀ MORSO CINQUE VOLTE.
SIMON!

CLARY, ASPETTA!
SQUEEEK!
LASCIAMI ANDARE!

CLARY!
?!
JACE!

CHO-
MP
FIGLIO DI—
SQUEEK!
PAP
SIMON!
SIMON...
PIANTATELA DI STARE IMPALATI! UCCIDETELI.
E ANCHE IL RATTO!

NON HO MAI USATO UN COLTELLO PRIMA, MA...
NON MALE, CLARY.
CRASH

GRRRR
QUESTA SÌ CHE È UNA BRUTTA SITUAZIONE.
SONO LICANTROPI??
VAMPIRI E LICANTROPI SI ODIANO. NON VANNO MAI NELLE TANE RECIPROCHE.
COME OSATE EN-TRARE NELLA NOSTRA TANA?
Ah
Ah
Huff

CRAK
CRK
SNAP
NON SIAMO QUI PER COMBATTERE. VOGLIAMO LA RAGAZZA.
AAAH

LA RAGAZZA UMANA.
IO?
......
JACE, MI GUARDANO TUTTI.
NON MI HAI MAI DETTO CHE CONOSCI DEI LICANTROPI.
NON NE CONOSCO.
......
NON POTETE AVERLA. È NOSTRA.
GRRRR
SPERAVO CHE DICESSI COSÌ.

CRAK
!
AUUUUUU
PRENDETELI!
AH
SNARP
CRK
UUUUU
RAPHAEL STA PASSANDO UNA NOTTE PARTICOLARMENTE DIFFICILE.

USCIAMO DI QUI!
YIP
TMP
TMP

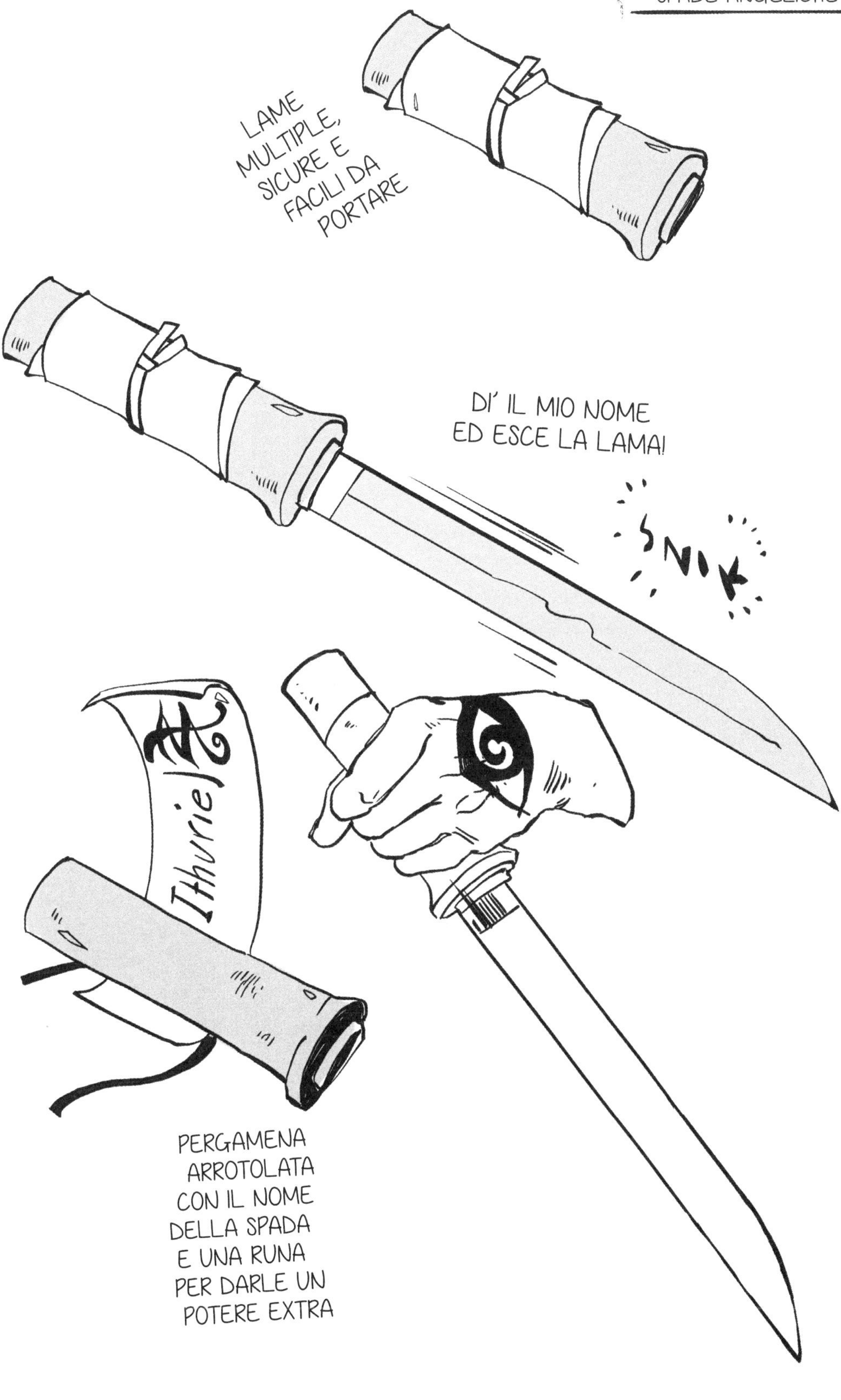
LAME MULTIPLE, SICURE E FACILI DA PORTARE
DI' IL MIO NOME ED ESCE LA LAMA!
SNIK
Ithuriel
PERGAMENA ARROTOLATA CON IL NOME DELLA SPADA E UNA RUNA PER DARLE UN POTERE EXTRA

THE MORTAL INSTRUMENTS

GRAPHIC NOVEL

Capitolo 8

YIP!

NE HO COLPITO UNO! IL MIO PRIMO TIRO È ANDATO A SEGNO.
NON CHE LI ABBIA FERMATI...
AUUUUUU
FORZA! CORRI!

BANG
IL TETTO?!
QUESTO DOVREBBE TRATTENERLI PER UN PO'.
CLICK
BANG
GRRRR

NON C'È MODO DI SCEN-DERE!
PENSA, WAYLAND, PENSA...
BLINK
COS'HO APPENA VISTO...?

ECCO!
MOTOCICLETTE?
VIENI QUI.
SALI.
SQUEEK
S-SEI SICURO?
ASPETTA, QUESTE NON SONO LE MOTO DELLA FESTA DI MAGNUS? ALEC NON HA DETTO CHE POTEVA-NO...?
VRMMMMM

BAM!
AUUU
TIENTI FORTE!
EEK!
VR

AHHH!
ASPETTA, NON SIAMO CADUTI...
STA VOLANDO!

ALEC AVEVA RAGIONE. LE MOTO DEI VAMPIRI POSSONO VOLARE.
VUOI DIRE CHE NON ERI SICURO?!
MA...
È UNA SENSAZIONE BELLISSIMA.

SKTCH
TOC
TOC
ENTRA.

MI SENTO COME SE MI FOSSE PASSATO SOPRA UN TIR.
SONO CONTENTA CHE HODGE TI ABBIA SISTEMATO, PERÒ!
CLARY, IL FATTO CHE TU SIA VENUTA A PRENDERMI... CHE TU ABBIA RISCHIATO COSÌ TANTO...
SIMON.

HO AMATO SOLO TRE PERSONE NELLA MIA VITA. MIA MAMMA E LUKE...
E TE. CERTO CHE SONO VENUTA A PRENDERTI.
ADESSO SDRAIATI E DIMMI TUTTO SU COM'È ESSERE UN RATTO!
EHI!

SUPPONGO CHE FOSSE STANCO...
ZZZ
TOC
ORA, DOVE ANDRÒ A DORMIRE?
COME LE POSTE, I CACCIATORI DI DEMONI NON DORMONO MAI!
NON SEI ESAUSTO?
NON PUÒ ESSERE VERO...

SONO QUI PERCHÉ È IL TUO COMPLE-ANNO.
NON FINO A DOMANI.
È QUASI MEZZA-NOTTE.
HO SGRAFFI-GNATO DEL CIBO DALLA CUCINA.
UN PICNIC? NON È UN PO' TARDI PER IL PARCO?
COSA DICI DELLA SERRA?
LA SER-RA? NON SARÀ... BUIA?
VIENI. TI FACCIO VEDERE.

WOW!
È BELLISSIMA!

FACCIO ANCHE DEGLI OTTIMI PANINI AL FORMAGGIO.
NIENTE MALE, COME BOTTINO.

NON È UNA TORTA DI COMPLEANNO, MA SPERO CHE SIA MEGLIO DI NIENTE.
I COMPLEANNI DOVREBBERO ESSERE SPECIALI. ERA L'UNICO GIORNO IN CUI MIO PADRE MI DICEVA CHE POTEVO AVERE QUALSIASI COSA VOLESSI.
TIPO?
BE', QUANDO AVEVO CINQUE ANNI, VOLEVO FARE IL BAGNO NEGLI SPAGHETTI.
E ME L'HA LASCIATO FARE.
A PARTE QUELLO, CHIEDEVO SOPRATTUTTO ARMI. E LIBRI. LEGGEVO TANTISSIMO DA SOLO.
NON STAVI CON I TUOI AMICI?
LA PRIMA VOLTA CHE HO VISTO ALEC, A DIECI ANNI, È STATA LA PRIMA VOLTA CHE HO CONOSCIUTO QUALCUNO DELLA MIA ETÀ.
MIO PADRE?
MIO PADRE ERA TUTTO QUELLO DI CUI AVEVO BISOGNO... TU TI RICORDI IL TUO?
...

NO, È MORTO PRIMA CHE NASCESSI.
BONG
MEZZANOTTE.
ORA GUARDA.
?
OH!

SBOCCIA SOLO A MEZ-ZANOTTE.
BUON COMPLEANNO, CLARISSA FRAY.
HO QUALCOSA PER TE.
TUTTI GLI SHADOWHUNTER HANNO UNA PIETRA RUNICA DI STREGALUCE.
TI PORTERÀ SEMPRE LA LUCE.

GRAZIE.
PROBABILMENTE DOVREMMO TORNARE GIÙ.

...
STAI ANDANDO A DORMIRE?
TU NON SEI STANCO?
NON SONO MAI STATO PIÙ SVEGLIO.
COSA DIAVOLO...?

SIMON...? PENSAVO CHE FOSSI...
PER IL FUTURO, CLARISSA, SAREBBE SAGGIO SE TU FACESSI PRESENTE IL FATTO DI AVERE GIÀ UN UOMO NEL TUO LETTO.
L'HAI INVITATO A LETTO?!
DEFICIENTI!
CI STAVAMO SOLO BA-CIANDO!
COME LIQUIDI IN FRETTA IL NOSTRO AMORE.

...
SIMON, GUARDA...
BEL DISEGNO.
GUARDA, NON AVEVO IN MENTE DI BACIARLO. È SEMPLI-CEMENTE SUCCESSO.
È UN CRETINO. E QUANTO A TE, TI PENSAVO MIGLIORE.
!

E QUINDI? NON TI DEVE PIACERE PER FORZA!
NON MI SONO MAI PIACIUTE LE TUE FIDANZATE, MA HO SEMPRE AVUTO LA DECENZA DI TENERLO PER ME!
QUESTO È DIVERSO.
COME?
E ISABELLE? PERCHÉ FAI QUESTE SCENE A ME QUANDO FAI IL CRETINO CON LEI?!
STAVO CERCANDO DI INGELOSIRTI!
!
COSA...?

SEI COSÌ STUPIDA, CLARY. NON TI ACCORGI DI NIENTE?
SONO INNAMORATO DI TE DA DIECI ANNI!
PENSAVO CHE FOSSE ARRIVATO IL MOMENTO DI SCOPRIRE SE PROVAVI LE STESSE COSE.
IMMAGINO CHE NON SIA COSÌ.
STOMP
STOMP

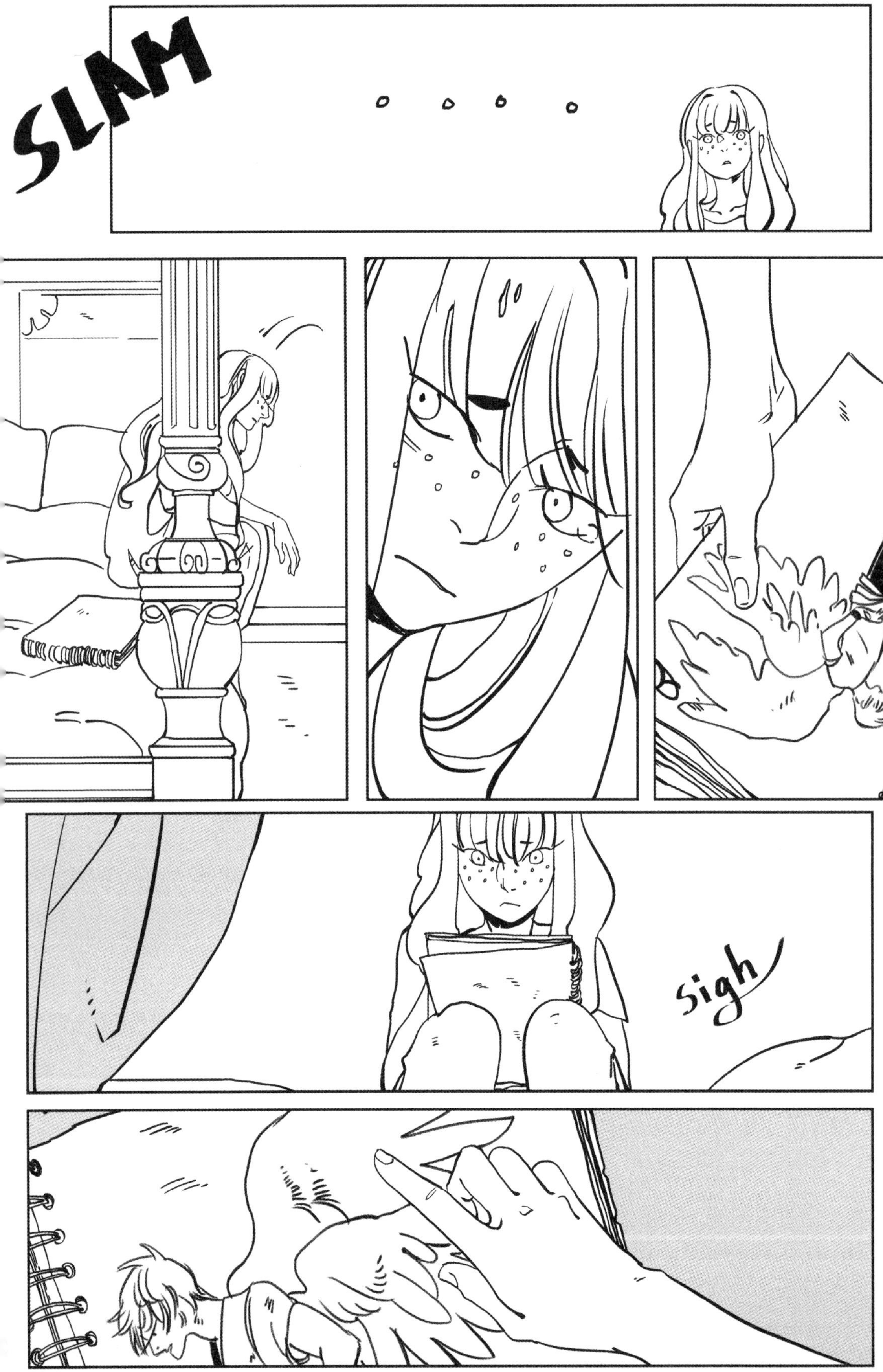
SLAM
....
Sigh

TOUCH
gasp!
LE ALI…
SEMBRAVANO…
VERE.
LA RUNA CHE HO DISEGNATO… NON PUÒ ESSERE…!

TOC
TOC
TOC
TOC
TOC
BANG
...

CHE COSA CI FA QUI?
NON DIRMELO. SIMON SI È TRASFORMATO IN UN OCELOT.
JACE.
NON DIRMELO. TI SERVE UN MODELLO CHE POSI NUDO.
JACE—
STAI ZITTO UN SECONDO E ASCOLTAMI, CE LA FAI?
RESPIRO PROFONDO
PENSO DI SAPERE DOVE MIA MAMMA HA NASCOSTO LA COPPA MORTALE.

È DENTRO UN QUADRO.
TI FACCIO VEDERE!
UN QUADRO?
NON LE HO DETTO CHE PUÒ ENTRARE...
GUARDA.
È UNA TAZZA.
!?

L'HAI FATTO TU? CON UNA RUNA? ASPETTA, CHE RUNA È QUELLA?
NON LO SO. MI È SEMPLICEMENTE VENUTA IN MENTE.
È VERA.
NESSU-NO TI HA MAI FATTO VEDERE COME SI FA?
NO.
PENSI CHE TUA MAMMA ABBIA NASCOSTO LA COPPA IN UN DIPINTO?
NON IN UN DIPINTO. IN UNA CARTA.

TI RICORDI IL MAZZO DEI TAROCCHI DI MADAME DOROTHEA? QUELLO CHE LE HA DIPINTO MIA MAMMA?
E TI RICORDI QUANDO HO ESTRATTO L'ASSO DI COPPE?
HA NASCOSTO LA COPPA MORTALE NEL MAZZO DEI TAROCCHI DI MADAME DOROTHEA!

SENZA GIACCA
IL LOOK DELLO SHADOWHUNTER MODERNO!

THE MORTAL INSTRUMENTS

GRAPHIC NOVEL

Capitolo 9

È QUESTO IL FURGONE?
È IL FURGONE CHE USA LA BAND DI SIMON. È L'UNICA MACCHINA CHE ABBIAMO.
QUINDI NON FATE GLI SCHIZZINOSI!
NON DOVREMMO PORTARE IN GIRO LA COPPA MORTALE IN METROPOLITANA, E VISTO CHE *VOI* NON AVETE UNA MACCHINA...
ANDIAMO E BASTA. STA PIOVENDO.

MI SIEDO DAVANTI.
BELL'ARCO.
SAI QUALCOSA DI TIRO CON L'ARCO?
L'HO FATTO IN UNA COLONIA ESTIVA SEI ANNI DI SEGUITO.
GRAZIE PER IL PASSAG-GIO...
DOVREM-MO ANDARE PRIMA CHE RICOMINCI A DILUVIARE.

STAI IN MACCHINA.
OKAY...
CLARY!
ABBRACCIO
L'ULTIMA VOLTA CHE TI HO VISTA, STAVI SCOMPARENDO NEL MIO PORTALE.
ENTRA PURE.

IM-
MAGINO CHE
TU NON ABBIA
TROVATO TUA
MADRE.
NO, MA
SO CHI L'HA FATTA
PRIGIONIERA.
DEVO
AIUTARE MIA
MADRE.
E PER
FARLO, MI
SERVE UNA
COSA.

SI TRATTA DELLA COPPA MORTALE. QUESTE PERSONE HANNO PRESO MIA MADRE PERCHÉ PENSAVANO CHE CE L'AVES-SE LEI.
LA COPPA DI RAZIEL? PERCHÉ DIAVOLO PENSAVANO CHE CE L'AVESSE JOCELYN?
...
!
CERTO. NON ERA JOCELYN FRAY... ERA JOCELYN FAIRCHILD.
SAPPIAMO DOV'È. DOBBIAMO SOLO RECUPERARLA.
?
È QUI. CE L'HA LEI.
!

SPIEGA-TEVI.
LA COPPA È QUI, MA LEI NON L'HA MAI SAPUTO. MIA MADRE GLIEL'HA DATA...
MA NON GLIEL'HA DETTO.
IL MAZZO DEI TAROCCHI. LE CARTE CHE HA DIPINTO.

ECCOLA QUI.
HA FUNZIO-NATO!

PENSAVO CHE FOSSE PIÙ GRANDE.
È LA COPPA MORTALE, JACE, NON LA TAZZA DEL CESSO MORTALE.
È ROVINATA!
COME È SUCCESSO?
ROVINATA?
DAMMI, TI FACCIO VEDERE.
SENZA OFFESA, MA NESSUNO TRANNE NOI TOCCA LA COPPA MORTALE.

CERTO, SHADOWHUNTER. TI PIACEREBBE USA-RE IL PORTALE? CE NE SONO SOLO DUE A NEW YORK. A MENO CHE TU NON VADA A RENWICK, QUESTA È LA TUA UNICA OPZIONE.
NON TOCCARE...

CHE COS'È QUELLO?
STAI ATTENTA!!

GRRR
RRR

CHE COS'È QUELLA COSA?!
POS-SESSIONE DEMONIACA. DOBBIAMO ANDARE. ORA.
HFFFF
HFFF

GRR
MUO-
VITI!

RRR
DATEMI...
CRASH
LA
COPPA MORTALE,
DATEMELA.

CLICK
CLICK
COSA SEI?
SONO ABBADON. SONO IL DEMONE DELL'ABISSO.
ALEC, IL TUO ARCO?
L'HO LASCIATO IN MACCHINA...
MIEI SONO GLI SPAZI VUOTI TRA I MONDI, IL VENTO E L'OSCURITÀ.
DATEMI LA COPPA O MORIRETE.
È UN DEMONE SUPERIORE.
CLICK

SLASH
GROOOAR

SMAK
WHAM
JACE!
SWISH
CRAK
BAM

COFF
COFF

SLASH
ALEC!
LA COPPA.

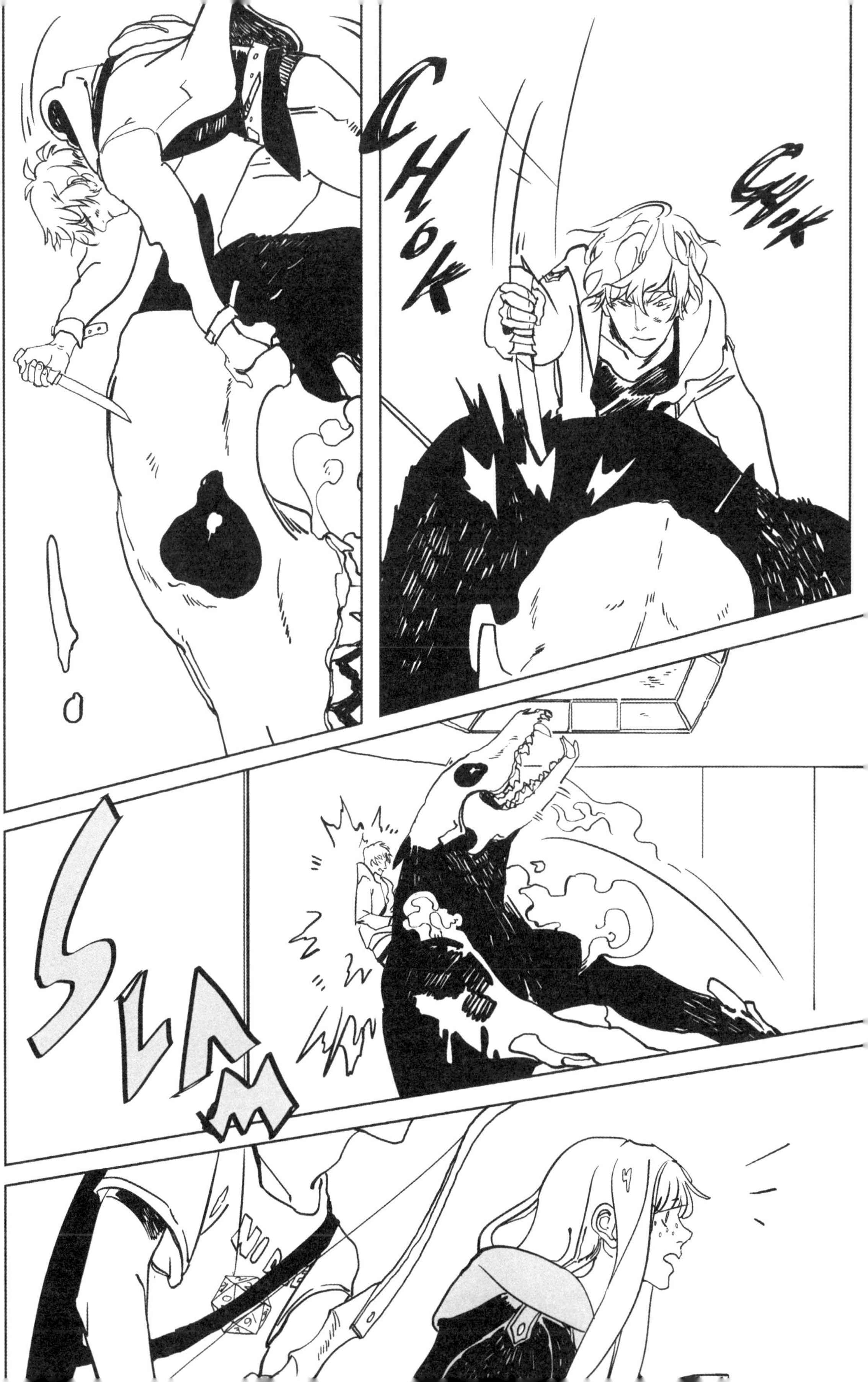
CHOK
CHOK
SLAM

SIMON?!
IL LUCERNARIO!

!!
GRRRRRRR
FSSSSSS
FSSSSSS

FSSS
COS'ERA QUELLO?
BEL COLPO!
ALEC...
STAI FERMO, STAI FERMO.

MALEDIZIONE.
COSA SUCCEDE?
L'IRATZE DI GUARIGIONE NON STA FUNZIONANDO.
IN LUI C'È DEL VELENO DI DEMONE SUPERIORE. I MARCHI NON POSSONO FUNZIONARE.
DOBBIAMO PORTARLO ALL'ISTITUTO.

HO FATTO QUELLO CHE POSSO. È SEDATO, MA...
DEVO CONTATTARE I FRATELLI SILENTI. NON SAPPIAMO QUANDO ARRI-VERANNO...
MA MANDERÒ SUBITO HUGO.

È UN PECCATO CHE NON SIATE RIUSCITI A PREN-DERE LA COPPA. AVREBBE DATO ALMENO...
HODGE.
COSA?
HAI LA COPPA!

JACE WAYLAND, SAI CHE COS'HAI FATTO?
CHE COSA VUOI DIRE?
GLI ASSOMIGLI PROPRIO.
A TUO PADRE.
HUGIN.
KRAA

KRRA
AHH?
WHMP
NO!

JACE!
COSA GLI HA FATTO HODGE?
HAI LA COPPA, STARKWEATHER?
UN PORTALE?
NON TI ASPETTAVO COSÌ PRE-STO...

MIO SIGNORE VALENTINE.
TMP
DAMMI LA COPPA.
NON ANCORA. VOGLIO PRIMA QUELLO CHE MI HAI PROMESSO.
SE NON AVEVI INTENZIONE DI DARMI LA COPPA, NON AVRESTI DOVUTO CHIAMARMI QUI.
NON È FACILE TRADIRE QUELLO IN CUI CREDI... COLORO CHE SI FIDANO DI TE.
PARLI DEI LIGHTWOOD O DEI LORO FIGLI?
DI ENTRAM-BI.

AH, I LIGHTWOOD. MA COS'È CHE DEVI A LORO, VERAMENTE?
LA TUA PUNIZIONE SAREBBE DOVUTA ESSERE LA LORO. SE NON AVESSERO COSÌ TANTE CONOSCENZE ALTOLOCATE NEL CONCLAVE, AVREBBERO AVUTO LA TUA STESSA MALEDIZIONE. INVECE NO, LORO POSSONO STARE ALLA LUCE DEL SOLE.
LIBERI DI ANDARE A *CASA.*
MA I RAGAZZI... JACE...
GIURA CHE NON GLI FARAI DEL MALE, E TI DARÒ LA COPPA.
NO. ME LA DARAI COMUNQUE.

TENUTA TRADIZIONALE DA SHADOWHUNTER
MOLTISSIMI STRATI!!

THE MORTAL INSTRUMENTS

GRAPHIC NOVEL

Capitolo 10

GRAZIE.
SARÀ PRESTO CON SUO PADRE. DOVE DOVREBBE STARE.

ASPETTA!
HAI GIURATO DI ANNULLARE IL MIO INCANTESIMO!
È VERO.

FATTO.
SPERO CHE LA LIBERTÀ CHE TI SEI COMPRATO TI DIA GIOIA.
COS'È...?
ASPETTA...

JACE!
NO, NO, NO!
IL PORTALE!
HODGE! DOVE HA PORTATO...?
STA SCAPPANDO?
CODARDO!

HA FUNZIONATO. È RIUSCITO A LASCIARE L'ISTITUTO...!
HODGE!
NON MI DOVRESTI SEGUIRE.
TI LASCIO IN PACE, SE MI DICI DOV'È VALENTINE!

NON POSSO FARLO. VERRÀ A SAPERE CHE TE L'HO DETTO, E LA MIA LIBERTÀ SARÀ BREVE COME LA MIA VITA.
LO SARÀ IN OGNI CASO, QUANDO IL CONCLAVE SCOPRIRÀ CHE HAI DATO LA COPPA MORTALE A VALENTINE.
NON CAPISCI.
E TEMO VALENTINE PIÙ DEL CONCLAVE.

VRII
!
PUOI ANCORA SCAPPARE.
!!
ZLUUD

TU.
SEI VENUTO PER ME O PER LA RAGAZZA?
GRRR
GRRR
SHIK
AUUUU
AH!

CRUNCH!
SWISHHH
!
CHOMP

SWISH
STOMP
~~~~
USCITE TUTTI!
UFF
~~~~

ALEXANDER.
MUMBLE
TI AMO...
BE', SO CHE NON STAI PARLANDO CON ME.

FORSE PARLA DI TE.
...
JACE? IZZY?
TUA SORELLA STA ASPETTANDO FUORI.
NON HO IDEA DI DOVE SIANO TUTTI GLI ALTRI.
SPERAVO DI RIVEDERTI. MA NON IN QUESTE CONDIZIONI.
NON CAPISCI. HO FATTO QUALCOSA DI STUPIDO. HO...

MI SEMBRA CHE TU SIA STATO FERITO PER UN ATTO DI CORAGGIO, NON PER STUPIDITÀ.
FA MALE...
TI AIUTERÒ IO PER QUELLO.

PLICK
PLICK

AHI, LA MIA TESTA...
DOVE SONO?
CLARY, STAI BENE?
LUKE?
NON TOCCARMI!
COME VA LA TESTA?

CLARY... QUELLO CHE HO FATTO...
NON MI ASPETTO CHE TU LO CAPISCA. SO CHE PENSI TI ABBIA ABBANDONATA...
MI **HAI** ABBANDONATA! MI HAI DETTO DI NON CHIAMARTI MAI PIÙ!
!!
ASPETTA... È SANGUE??
SÌ.
I DISCHI DI HODGE SONO ANCORA AFFILATI.
PENSO CHE ABBIA PRESO UN OSSO...
SEI UN LICANTROPO!

SÌ.
È COSÌ.
HAI UCCISO HODGE...
NO. SONO TORNATO A CERCARE IL CORPO, MA NON C'ERA PIÙ.
LA MAMMA LO SAPEVA?
SÌ. IO TE LO VOLEVO DIRE, MA TUA MAMMA È STATA IRREMOVIBILE: NON DOVEVI SAPERE NULLA DEL MONDO DELLE OMBRE.
ERO LÌ!
QUANDO HANNO CERCATO DI FARTI DIRE DOV'ERA LA COPPA OFFRENDOTI LA MAMMA IN CAMBIO, HAI RISPOSTO CHE NON TI IMPORTAVA DI LEI...
IGNORAVO DOVE FOSSE LA COPPA.
QUINDI HAI DECISO DI ABBANDO-NARLA?

VEDO CHE HAI BISOGNO DI ASCOLTARE LA STORIA PER INTERO, O NON SENTIRAI NESSUNA DELLE MIE RAGIONI.
È UN LUNGO RACCONTO, MA C'È TUTTO IL TEMPO.
CONOSCO TUA MAMMA DA QUANDO ERAVAMO BAMBINI. SIAMO CRESCIUTI A IDRIS, IL PAESE NATALE DEGLI SHADOWHUNTER.
QUANDO FUMMO ABBASTANZA GRANDI, CI MANDARONO A SCUOLA AD ALICANTE. LÌ CONOBBI VALENTINE. ERA BELLO, INTELLIGENTE, RICCO, E UN GUERRIERO INCREDIBILE.
IO NON ERO NIENTE, NÉ RICCO NÉ BRILLANTE, E FACEVO FATICA NEGLI STUDI. MA...

VALENTINE SI OFFRÌ DI ALLENARMI. DISSE CHE IN ME VEDEVA IL SEME DI UN GRANDE SHADOWHUNTER.
IO LO ADORAVO.
NON ERO L'UNICO SBANDATO CHE AVEVA SALVATO. HODGE STARKWEATHER, MARYSE TRUEBLOOD, ROBERT LIGHTWOOD... PENSAVO CHE FOSSE GENTILEZZA, ORA MI CHIEDO SE SI STESSE COSTRUENDO UNA SETTA.
VALENTINE ERA OSSESSIONATO DALL'IDEA CHE A OGNI GENERAZIONE CI FOSSERO SEMPRE MENO SHADOWHUNTER.
ERA SICURO CHE SE IL CONCLAVE AVESSE USATO PIÙ LIBERAMENTE LA COPPA MORTALE, SI SAREBBERO CREATI PIÙ SHADOWHUNTER.
FORMAMMO IL CIRCOLO CON L'INTENTO DI SALVARE GLI SHADOWHUNTER DALL'ESTINZIONE.

POI VENNE LA NOTTE IN CUI IL PADRE DI VALENTINE VENNE UCCISO DURANTE UN'INCURSIONE IN UN ACCAMPAMENTO DI LICANTROPI.

VALENTINE CAMBIÒ. LA SUA GENTILEZZA SI ALTERNAVA A LAMPI DI IRA CHE SOLO TUA MAMMA RIUSCIVA A CALMARE.

SI INNAMORARONO.

DALLA MORTE DEL PADRE, VALENTINE ERA DIVENTATO UN ACCANITO SOSTENITORE DELLA GUERRA NON SOLO CONTRO CHI INFRANGEVA LA LEGGE MA ANCHE CONTRO TUTTI I NASCOSTI.

IO NON MI SENTIVO A MIO AGIO CON LA NUOVA DIREZIONE PRESA DAL CIRCOLO. MA RESTAI, IN PARTE PERCHÉ ME LO CHIESE JOCELYN.

JOCELYN RIMASE INCINTA. IL GIORNO IN CUI ME LO ANNUNCIÒ, MI CONFESSÒ ANCHE CHE ORMAI AVEVA PAURA DEL MARITO.

ANDAI DA LUI.

VALENTINE LIQUIDÒ LE SUE PAURE E MI INVITÒ A CACCIA CON LUI QUELLA SERA. STAVAMO ANCORA CERCANDO DI RIPULIRE LA TANA DEI LICANTROPI CHE AVEVANO UCCISO SUO PADRE.

ERAVAMO PARABATAI. MIGLIORI AMICI. QUINDI QUANDO MI DISSE CHE MI AVREBBE GUARDATO LE SPALLE, GLI CREDETTI.

QUANDO VIDI IL LUPO ORMAI MI ERA GIÀ ADDOSSO. MI MORDEVA.
NON TUTTI I MORSI DI LICANTROPO PORTANO ALLA LICANTROPIA, MA...
TRE SETTIMANE DOPO SORSE LA LUNA PIENA, E IO CAMBIAI.
VALENTINE MI DIEDE IL PUGNALE CHE UN TEMPO ERA APPARTENUTO A SUO PADRE. DISSE CHE DOVEVO FARE LA COSA ONOREVOLE E TOGLIERMI LA VITA.
INVECE TROVAI L'ACCAMPAMENTO DEI LICANTROPI E CHIESI DI COMBATTERE CON IL LUPO CHE MI AVEVA MORSO E TRASFORMATO. ERA IL LORO CAPOBRANCO.
LO UCCISI.
SECONDO LA LEGGE DEI LUPI, CHI UCCIDE IL CAPOBRANCO PRENDE IL SUO POSTO.
TROVAI UNA NUOVA VITA.
MI LASCIAI ALLE SPALLE IL VECCHIO ME STESSO. MA NON POTEVO DIMENTICARE JOCELYN. TEMEVO PER LA SUA VITA ACCANTO A VALENTINE. POI LEI MI TROVÒ.
LUI AVEVA DETTO AL CIRCOLO CHE MI ERO UCCISO, MA LEI NON CI AVEVA CREDUTO.

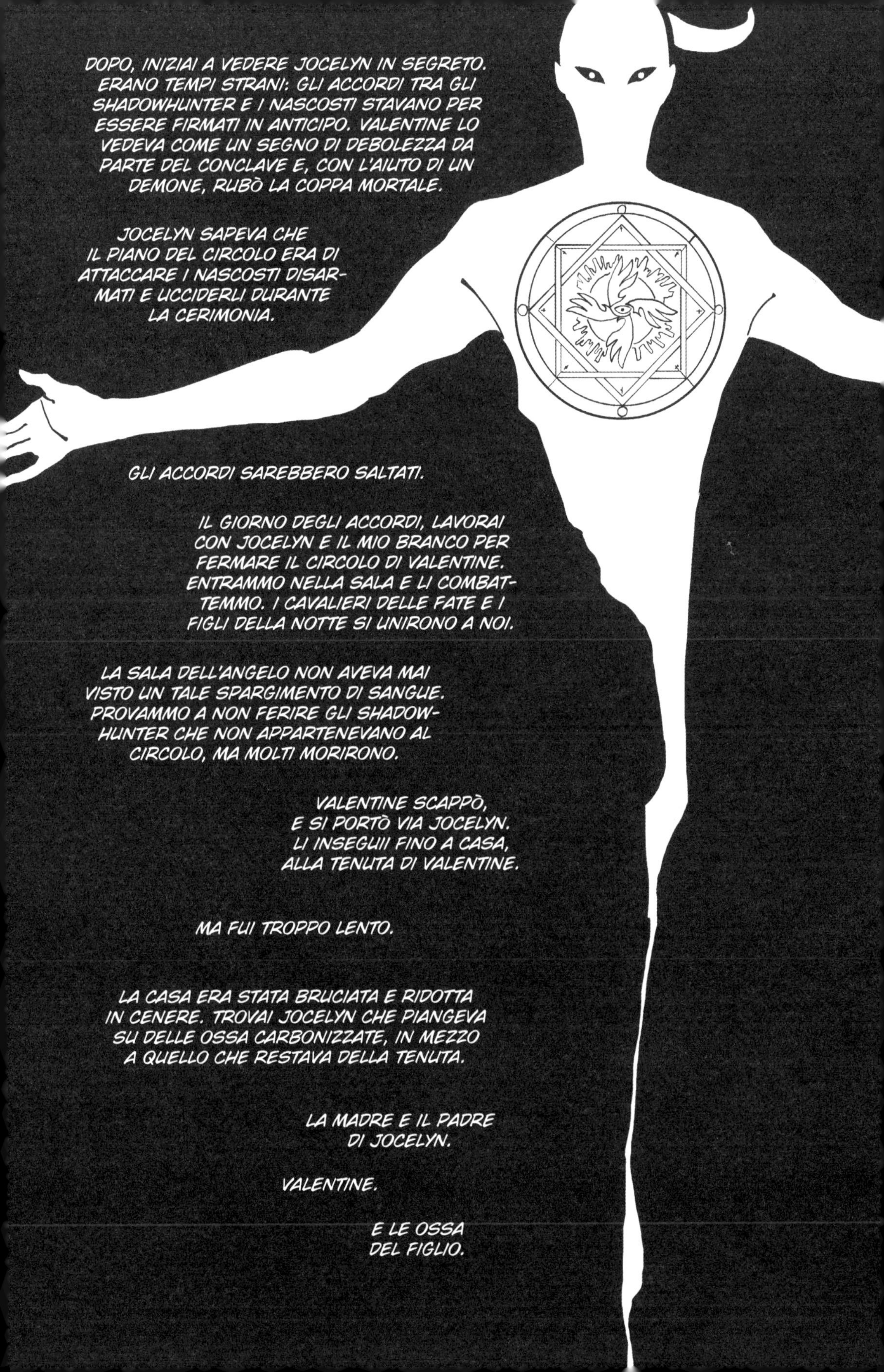
DOPO, INIZIAI A VEDERE JOCELYN IN SEGRETO. ERANO TEMPI STRANI: GLI ACCORDI TRA GLI SHADOWHUNTER E I NASCOSTI STAVANO PER ESSERE FIRMATI IN ANTICIPO. VALENTINE LO VEDEVA COME UN SEGNO DI DEBOLEZZA DA PARTE DEL CONCLAVE E, CON L'AIUTO DI UN DEMONE, RUBÒ LA COPPA MORTALE.
JOCELYN SAPEVA CHE IL PIANO DEL CIRCOLO ERA DI ATTACCARE I NASCOSTI DISARMATI E UCCIDERLI DURANTE LA CERIMONIA.
GLI ACCORDI SAREBBERO SALTATI.
IL GIORNO DEGLI ACCORDI, LAVORAI CON JOCELYN E IL MIO BRANCO PER FERMARE IL CIRCOLO DI VALENTINE. ENTRAMMO NELLA SALA E LI COMBATTEMMO. I CAVALIERI DELLE FATE E I FIGLI DELLA NOTTE SI UNIRONO A NOI.
LA SALA DELL'ANGELO NON AVEVA MAI VISTO UN TALE SPARGIMENTO DI SANGUE. PROVAMMO A NON FERIRE GLI SHADOWHUNTER CHE NON APPARTENEVANO AL CIRCOLO, MA MOLTI MORIRONO.
VALENTINE SCAPPÒ, E SI PORTÒ VIA JOCELYN. LI INSEGUII FINO A CASA, ALLA TENUTA DI VALENTINE.
MA FUI TROPPO LENTO.
LA CASA ERA STATA BRUCIATA E RIDOTTA IN CENERE. TROVAI JOCELYN CHE PIANGEVA SU DELLE OSSA CARBONIZZATE, IN MEZZO A QUELLO CHE RESTAVA DELLA TENUTA.
LA MADRE E IL PADRE DI JOCELYN.
VALENTINE.
E LE OSSA DEL FIGLIO.

PORTAI JOCELYN VIA DA IDRIS. AVEVA CHIUSO CON GLI SHADOWHUNTER. CHIUSO CON IL MONDO DELLE OMBRE.
MI DISSE CHE STAVA ASPETTANDO UN ALTRO BAMBINO.
TE.
VOLEVA FARSI UNA NUOVA VITA, PER LEI E PER IL BAMBINO. SAPEVO CHE PER LEI ABBANDONARE LA SUA VECCHIA VITA SIGNIFICAVA LASCIARE ANCHE ME.
LE SUE ULTIME PAROLE FURONO:
"VALENTINE NON È MORTO."
RITORNAI AL BRANCO, DOPO CHE SE NE ERA ANDATA, MA NON AVEVO PACE. UNA VOLTA FIRMATI GLI ACCORDI, LASCIAI IL BRANCO, NOMINANDO UN ALTRO CAPO AL POSTO MIO.
SAPEVO CHE NON AVREI MAI TROVATO LA SERENITÀ A IDRIS. DOVEVO STARE CON LEI, O DA NESSUNA PARTE. DECISI DI CERCARE JOCELYN.
ALLA FINE LA INCONTRAI PER CASO, CAMMINANDO IN GIRO PER NEW YORK.

UN DIPINTO NELLA VETRINA DI UNA GALLERIA D'ARTE. UN PAESAGGIO CHE RICONOSCEVO...
LA VISTA DALLA SUA CASA DI FAMIGLIA.
L'AVEVO TROVATA.
IL RESTO LO SAI GIÀ.
MIO PADRE... È VALENTINE. È QUESTO CHE MI STAI DICENDO.
VALENTINE ERA... È... MIO PADRE?

SÌ.
NON... NON È POSSIBILE.
NOD
E AVEVO UN FRATELLO... ED È MORTO?
JONATHAN.

HO SEMPRE VOLUTO UN FRATELLO...
CLARY.
NON...
NON VOGLIO PIÙ PARLARE DEL PASSATO.

VOGLIO SAPERE COSA FAREMO ADESSO. VALENTINE HA MIA MAMMA, JACE E LA COPPA, E NOI NON ABBIAMO NIENTE.
NON DIREI. POSSIAMO CONTARE SUL MIO BRANCO.
DOPO CHE HANNO PRESO TUA MAMMA, HO TROVATO UN BRANCO IN CITTÀ E HO COMBATTUTO IL LORO CAPO. SAPEVO CHE MI SAREBBERO SERVITI DEGLI ALLEATI.
HA FATTO QUESTO...? ECCO PERCHÉ ERA COSÌ CONCIATO QUEL GIORNO...

QUANDO HO VISTO VALENTINE, ERA ARRIVATO ATTRAVERSO UN PORTALE. MADAME DOROTHEA AVEVA DETTO CHE CE N'ERANO SOLO DUE A NEW YORK.
UNO ERA IL SUO E L'ALTRO DA RENWICK.
RENWICK? NON CONO-SCO QUESTO NOME.
E SE NON FOSSE UNA PERSONA, MA UN POSTO?
TIPO UN RISTORANTE.
HAI UN TELEFONO?
TIENI.
È VECCHISSIMO, È IMPOSSIBILE CHE ABBIA INTERNET.
CHIAMERÒ SIMON.
DRIIN
DRIIN

DRIIN
Pronto?
SONO IO.
Stai bene?!
STO BENE. PERCHÉ? HAI SENTITO ISABELLE?
No, perché? Alec sta bene?
HO BISOGNO CHE MI CERCHI UNA COSA SU GOOGLE.
SNORT
Stai scherzando.
CERCA UN POSTO A NEW YORK CHE SI CHIAMA RENWICK.
Vediamo... Cosa mi dici di questo?
"Renwick Smallpox Hospital fu il più famoso degli istituti psichiatrici costruiti a Roosevelt Island nell'Ottocento. Durante il secolo successivo, fu abbandonato e cadde in rovina. L'accesso è vietato."

GRAZIE, SIMON. È PERFETTO!
Uh? Be', okay...
BEEP
RENWICK È UN OSPEDALE ABBANDONATO A ROOSEVELT ISLAND.
L'ISOLA DI BLACKWELL. MA CERTO.
È COSÌ CHE VENIVA CHIAMATA L'ISOLA DI ROOSEVELT. ERA DI PROPRIETÀ DI UN'ANTICA FAMIGLIA DI SHADOWHUNTER.
E BLACKWELL È UNO DEGLI SCAGNOZZI DI VALENTINE, GUARDA CASO.

SARÀ MEGLIO CHE RIUNISCA IL BRANCO...
E GLI DICA DI PREPARARSI A COMBATTERE.

EQUIPAGGIAMENTO
DEGLI SHADOWHUNTER
PER L'ALLENAMENTO
ALL'ISTITUTO!

THE MORTAL INSTRUMENTS

GRAPHIC NOVEL

Capitolo 11

CI SIAMO...?
MIA MAMMA POTREBBE ESSERE LÌ.
E JACE...
SARÀ PERICOLOSO.
CLARY, VOGLIO CHE TU STIA VICINO A ME E FACCIA QUELLO CHE TI DICO.
LO PRO-METTO.

C'È PUZZA DI MORTE.
I DIMENTICATI.
KRAK
SNAP
GRRRRR
SONO QUEI COSI.

RRRR
AWUUU

YIP

STAI CON ME.
LUKE!
SLASH

CREEEK
BANG

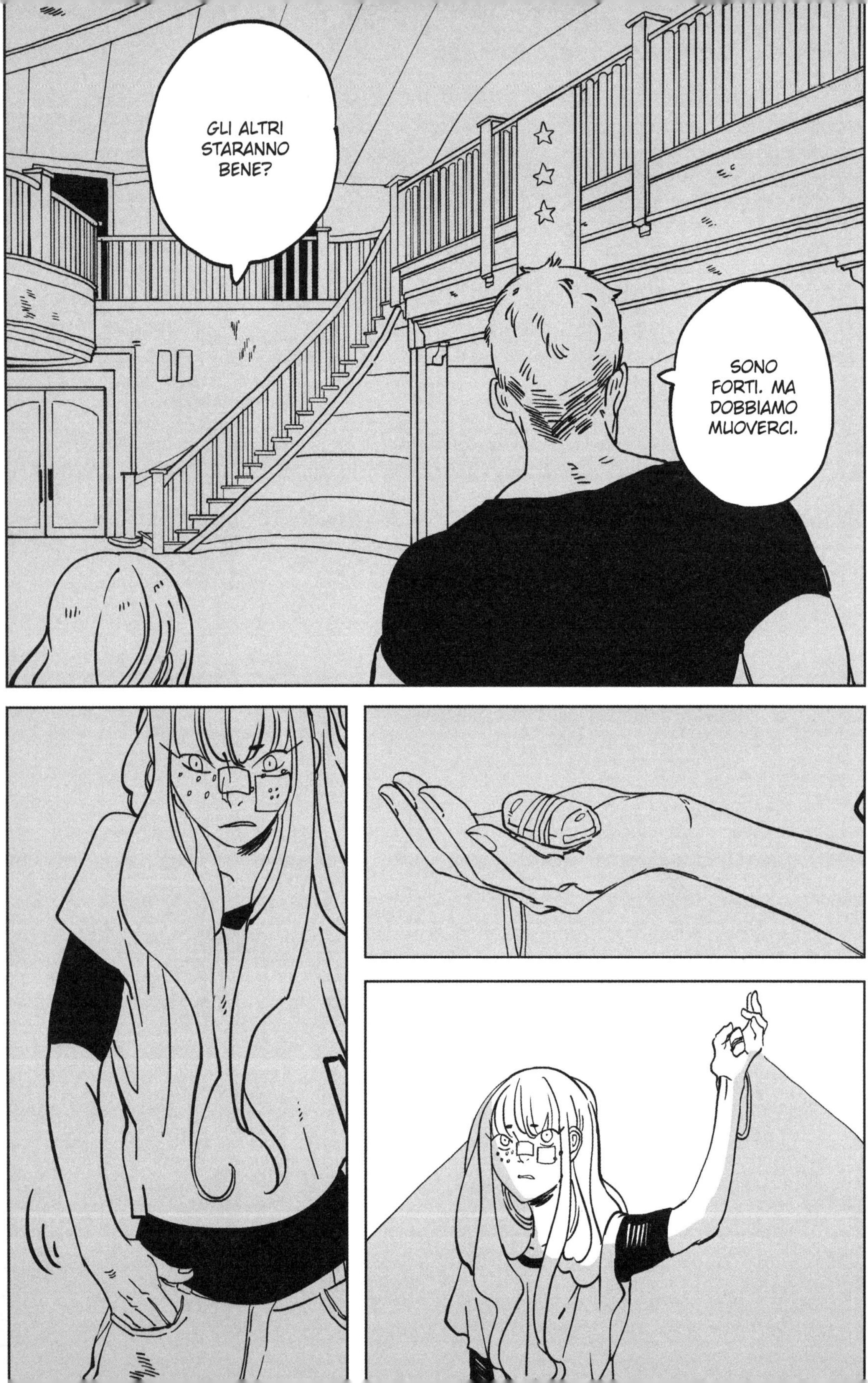
GLI ALTRI STARANNO BENE?
SONO FORTI. MA DOBBIAMO MUOVERCI.

SONO ANNI CHE NON COMBATTO CON LA STREGALUCE.
GUARDA.
UNA LUCE!
...!
MAMMA!

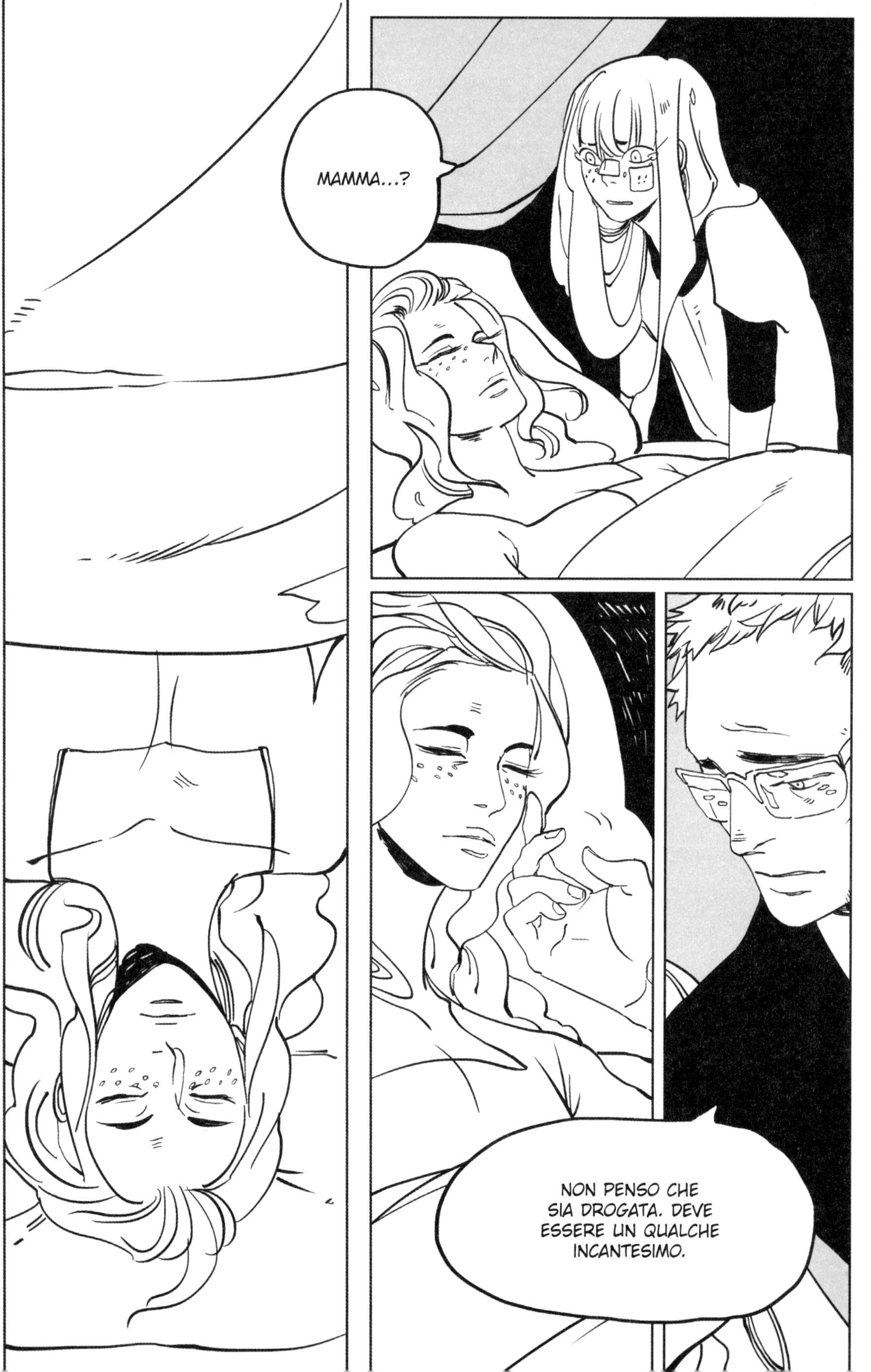
MAMMA...?
NON PENSO CHE SIA DROGATA. DEVE ESSERE UN QUALCHE INCANTESIMO.

GRAYMARK.
CHE BELLA SORPRESA.
SE SEI SORPRESO SEI UN IDIOTA.
NON SONO ESAT-TAMENTE ARRIVATO DI SOPPIATTO.
!
COSA HA FATTO A JOCELYN?
PENSAVO NON TI IMPORTASSE.

TLACK
!!

GAHK!
ACCIDENTI.
SHING
COM'È SGRADE-VOLE.
CLARY, CORRI.
GRRRR

TUMP
TUMP
AUUUUUUU
CLACK
CRASH
ANF

JACE!
CLARY?

COSA CI FAI QUI?
SONO VENUTA PER TE!
NON AVRESTI DOVUTO.
COME SEI ARRIVATA?
LUKE.
SONO VENUTA CON LUKE E IL SUO BRANCO A SALVARTI!
ANDIAMO!
QUESTO SPIEGA I LUPI FUORI...

CLARY, IO NON ME NE VADO.
COSA??
MIO PADRE NON È MORTO. L'HO VISTO. GLI HO PARLATO.
È QUI. VALENTINE NON L'HA UCCISO. HODGE MI HA MENTITO. PER TUTTI QUESTI ANNI HO PENSATO CHE FOSSE MORTO, MA NON LO ERA.
COSA?!
DOV'È? VALENTINE HA RAPITO ANCHE LUI?
MIO PADRE—
CLACK
HAI RACCOLTO LE TUE COSE? I NOSTRI DIMENTICATI POSSONO TRATTENERE I LICANTROPI SOLO PER...

......
TU!
PRESA
COSA SUCCEDE?
!
NO.
MA, JACE...

CLARY.
QUESTO È MIO PADRE.
FIGLIO...
VUOI DIRMI CHI È LEI?
COSA?
È CLARISSA FRAY. È UNA MIA AMICA.
JACE...

CONTINUI A NON CAPIRE, CLARY.
CLARISSA. NON UN NOME CHE AVREI SCELTO.
SA CHE SONO SUA FIGLIA. IN QUALCHE MODO, LO SA.
NON SEI IL PADRE DI JACE! SUO PADRE ERA MICHAEL WAYLAND!

CLARY, NON È COME PENSAVAMO. HODGE CI HA MENTITO.
LO SO, CI HA TRADITI PER VALENTINE!
NO. ERA HODGE QUELLO CHE VOLEVA LA COPPA MORTALE. MIO PADRE HA PORTATO TUA MADRE QUI PER AIUTARLA, NON PER FARLE DEL MALE.
E TU TI BEVI TUTTO QUESTO?
ERO LÌ. LUI NON MI HA VISTO, MA IO HO VISTO LUI. HA PRESO LA COPPA, ED È STATO *LUI* A SPEZZARE L'INCANTESIMO DI HODGE!

BASTA, CLARY!
LUI NON È TUO PADRE!
......
PERCHÉ SEI COSÌ DETERMINATA A NON CREDERCI?
COSA?
PERCHÉ TI AMA.
TEME CHE MI STIA APPROFITTANDO DI TE.

LASCIA CHE CI ARRIVI DA SOLA, JONATHAN.
JONATHAN...?
PENSAVO CHE TI CHIAMASSI JACE.
JACE È UN SOPRANNOME. PER LE MIE INIZIALI, J.C.
JONATHAN CHRISTOPHER.
J. C.
J.C.
COME...?

JACE, VOLEVO RISPARMIARTI IL DOLORE. PENSAVO CHE LA STORIA DI UNA MADRE MORTA TI AVREBBE FERITO MENO DI UNA MADRE CHE TI HA ABBANDONATO.
MIA MADRE È VIVA...?
SÌ. È VIVA E ADDORMENTATA, AL PIANO DI SOTTO. JOCELYN È TUA MADRE. E CLARY...
CLARY È TUA SORELLA.

...
NON...
NON È VERO. CLARY
NON È MIA SORELLA.
SE LO FOSSE...
JACE...
!
NON
FARLO!

SE VUOI SAPERE LA VERITÀ, CLARISSA, ECCOLA.
HAI SENTITO STORIE SULLA RIVOLTA, QUINDI PENSI CHE IO SIA IL CATTIVO.
È SEMPLICE, IN VERITÀ.
. . . .
MICHAEL WAYLAND NON È IL PADRE DI JACE. WAYLAND È RIMASTO UCCISO DURANTE LA RIVOLTA. PRESI IL SUO NOME E IL SUO POSTO QUANDO SCAPPAI DALLA CITTÀ DI VETRO CON MIO FIGLIO. WAYLAND SAREBBE CADUTO IN DISGRAZIA PER IL SUO RUOLO NELLA RIVOLTA, QUINDI IO CONDUSSI LA SUA VITA TRANQUILLA, IN PACE, DA SOLO CON JACE NELLA TENUTA DEI WAYLAND.

DIECI ANNI DOPO, RICEVETTI UNA LETTERA. C'ERA SCRITTO CHE CONOSCE-VANO LA MIA IDENTITÀ E CHE L'AVREBBERO RIVELATA SE NON AVESSI DATO LORO QUELLO CHE VOLEVANO. MISI IN SCENA LA MIA MORTE UNA SECONDA VOLTA, E PER LA SICUREZZA DI JACE MI ACCERTAI CHE MIO FIGLIO VENISSE MANDATO QUI, SOTTO LA PROTEZIONE DEI LIGHTWOOD.
E COSÌ HAI LASCIATO CREDERE A JACE CHE FOSSI MORTO, PER TUTTI QUESTI ANNI?!
NON FARLO, CLARY...
......

JACE DOVEVA PENSARE CHE FOSSI MORTO. DOVEVA CREDERE DI ESSERE IL FIGLIO DI MICHAEL WAYLAND, O I LIGHTWOOD NON L'AVREBBERO PROTETTO. ERA MERITO DI MICHAEL SE GLI VOLEVANO BENE. NON MIO.
MIA MADRE...
SCAPPÒ DOPO LA RIVOLTA. NON SOPPORTAVA DI STARE CON UN UOMO CADUTO IN DISGRAZIA.
NON SAPEVO CHE FOSSE INCINTA, AL TEMPO. DI CLARY.

È IL DESTINO. LA NOSTRA FAMIGLIA, DI NUOVO UNITA. POSSIAMO USARE IL PORTALE. TORNARE A IDRIS, ALLA TENUTA. STAREMO INSIEME LÌ, COM'È GIUSTO CHE SIA.
......
SEMBRA FANTASTICO. SOLO TU, TUA MOGLIE IN COMA, TUO FIGLIO TRAUMATIZZATO E TUA FIGLIA CHE TI ODIA CON TUTTA SE STESSA.
CRASH

LUKE!

SEI COPERTO DI SANGUE!
NON PREOCCUPARTI. NON È MIO.
DI CHI È, ALLORA?
DI PANGBORN.
CAPISCO.

L'HAI AZZANNATO ALLA GOLA?
IN REALTÀ L'HO UCCISO CON QUESTO. TE LO RICORDI?
SÌ.
ME L'HAI DATO DICIASSETTE ANNI FA DICENDOMI DI USARLO PER TOGLIERMI LA VITA.

CONCEPT PER
L'EQUIPAGGIAMENTO DEL
CHIRURGO DA CAMPO!
LA CINTURA CONTIENE
STREGALUCE
STILO x 2
CODICE
ACQUA SANTA
USERÒ
SICURAMENTE
QUESTO EQUIPAGGIAMENTO!

THE MORTAL INSTRUMENTS

GRAPHIC NOVEL

Capitolo 12

TI ASPETTI CHE LO NEGHI? SE SOLO AVESSI AVUTO LA FORZA DI UCCIDERTI CON LE MIE MANI, AVRESTI POTUTO MORIRE DA UOMO.
UN UOMO COME TE? CHE INCATENA SUA MOGLIE AL LETTO MENTRE NON È COSCIENTE SPERANDO DI POTERLA TORTURARE QUANDO SI SVEGLIA PER OTTENERE INFORMAZIONI?
...
L'AMAVO. NON LE FAREI MAI DEL MALE. SEI TU CHE L'HAI MESSA CONTRO DI ME.

AH!
HA IMPARATO A ODIARTI PER CONTO SUO.
È UNA MENZO-GNA!
PADRE...
JONATHAN, STAI ZITTO!
......
JONATHAN?
NON CHIAMARMI COSÌ.

... TUA MADRE SAREBBE ORGO-GLIOSA.
IO NON HO UNA MADRE! LA DONNA CHE MI MISE AL MONDO SE NE È ANDATA PRIMA CHE IO POTESSI RICORDARMI DELLA SUA FACCIA!
NON È JOCELYN LA PERSONA CHE TI HA ABBANDO-NATO...
ORA BASTA. ALLONTANATI DA MIA FIGLIA.
IO NON SONO TUA FIGLIA!!

METTITI AL SICURO, CLARY.
MA...!
DICO SUL SERIO. VAI VIA DI QUI.
CHIEDERÒ AIUTO. AI LUPI.
THUMP
JACE! SI UCCIDE-RANNO!
QUESTO POSTO SARÀ PIENO DI DIMENTICATI.

CLANG
SHING

SH
SCUFF
SEI STATO TU A METTERE MIA MOGLIE CONTRO I SUOI SIMILI!

......
CLANG
JACE...
LA MAMMA PENSAVA CHE FOSSI MORTO... NON TI AVREBBE MAI ABBANDONATO SE AVESSE SAPUTO CHE ERI VIVO!
HA TROVATO LE TUE OSSA BRUCIATE NELLE ROVINE DELLA SUA CASA. TRA LE OSSA DI SUA MAMMA E DI SUO PAPÀ.

FORSE ERA UN INCANTESIMO.
È RIDICOLO, IO NON SONO MORTO... QUELLE NON ERANO OSSA.
DOMANDA A TUO PADRE COSA SUCCESSE AI SUOI SUOCERI, I TUOI NONNI...
STAI ZITTA!
!

EHE
CHOCK
LUKE!
SHLK

Gasp
CLANG

NO!
CLARY...

CLANG
PADRE, IO...
NON AVREI FATTO DEL MALE A TUA SORELLA.

CLARISSA, QUEST'UOMO È UN NEMICO DELLA NOSTRA FAMIGLIA, DEL CONCLAVE.
NOI SIAMO CACCIATORI, E QUESTO SIGNIFI-CA CHE A VOLTE DOBBIAMO UCCIDERE.
SIAMO CACCIATORI DI DEMONI, NON ASSASSINI!
LUI È UN DEMONE CON LA FACCIA DA UOMO. SO QUANTO POSSONO ESSERE INFIDI QUESTI MOSTRI.
MOSTRI?
LUKE NON È UN MOSTRO NÉ UN ASSASSINO. TU LO SEI.

TU HAI UCCISO I GENITORI DI TUA MOGLIE, NON IN BATTAGLIA MA A SANGUE FREDDO.
E SCOMMETTO CHE HAI UCCISO ANCHE MICHAEL WAYLAND E SUO FIGLIO.
HAI MESSO LE LORO OSSA IN MEZZO A QUELLE DEI MIEI NONNI COSÌ CHE MIA MAMMA PENSASSE CHE TU E JACE FOSTE MORTI.
ORA BASTA.
JONATHAN! TRASCINA VIA TUA SORELLA O LA ABBATTERÒ PER UCCIDERE IL MOSTRO CHE STA PROTEGGENDO, PER L'ANGELO!

YANK
NO.
JACE!
VOGLIO SOLO CIÒ CHE C'È DI BUONO NELLA MIA VITA. MIO PADRE... LA MIA FAMIGLIA... NON POSSO PERDERLI DI NUOVO.

HAI GIÀ UNA FAMIGLIA: LE PERSONE CHE TI VOGLIONO BENE! I LIGHTWOOD, ALEC, ISABELLE...
LUKE È LA MIA FAMIGLIA, E TU LASCERESTI CHE IO LO VEDA MORIRE...
PROPRIO COME TU PENSAVI DI AVER VISTO MORIRE TUO PADRE?
È QUESTO CHE VUOI, JACE? È QUESTO IL TIPO DI UOMO CHE VORRESTI ESSERE? COME...
HO PARLATO TROPPO...
... COME MIO PADRE.
......

LUKE!
CHOK

PENSO CHE TU DEBBA ANDARTENE.
JONATHAN MORGENSTERN...
COSA HAI DETTO?

NON È COSÌ CHE MI CHIAMO. IO MI CHIAMO JACE WAYLAND.
NELLE TUE VENE NON SCORRE IL SANGUE DEI WAYLAND! MICHAEL WAYLAND NON È NESSUNO PER TE!
COME TE.
QUINDI, COME TUA MADRE, PREFERISCI QUESTA CREATURA AL TUO STESSO SANGUE, ALLA TUA STESSA FAMIGLIA?
TU MI HAI ABBANDO-NATO. HAI LASCIATO CHE IO PENSASSI CHE TU FOSSI MORTO, E MI HAI MANDATO A VIVERE TRA ESTRANEI. NON MI HAI MAI DETTO CHE AVEVO UNA MADRE...
... E UNA SORELLA. MI HAI LASCIATO **SOLO.**

SE DAVVERO TI FOSSE IMPORTATO DI JACE, SE DAVVERO TI FOSSE IMPORTATO DEL TUO SANGUE, NON AVRESTI UCCISO I SUOI NONNI.
HAI AMMAZZATO DEGLI INNOCENTI.
L'HO FATTO PER TE... PER TENERTI AL SICURO.
INNOCENTI?
IN GUERRA NON CI SONO INNOCENTI! HANNO PRESO LE PARTI DI JOCELYN CONTRO DI ME! AVREBBERO LASCIATO CHE LEI MI PORTASSE VIA MIO FIGLIO!!

QUINDI SAPEVI CHE TI AVREBBE ABBANDONATO... ANCHE PRIMA DEL-LA RIVOLTA...
CERTO CHE LO SAPEVO! HO FATTO QUELLO CHE DOVEVO PER PROTEGGERE LA MIA FAMIGLIA!
LI HAI BRUCIATI.
SÌ!
LI HO BRUCIATI!
... I MIEI NONNI...
LA COPPA, PADRE. DOV'È?

DOVE NON LA TROVERETE MAI.
A IDRIS.
CLA
NG

IL PORTALE!
SEI UN DEBOLE, JONATHAN. HAI IL CUORE TROPPO TENERO.
CRASH

STATE BENE?
SE N'È ANDATO CON LA COPPA. HO FALLITO.
PAT
NON È COLPA TUA.
ABBIAMO DI NUOVO LA MAMMA. ABBIAMO TE. È QUESTO CHE CONTA.

COME STA TUA MAMMA?
È ANCORA IN OSPEDALE, ADDORMENTATA. I MEDICI NON RIESCONO A TROVARE NULLA CHE NON VADA. C'È LUKE CON LEI.

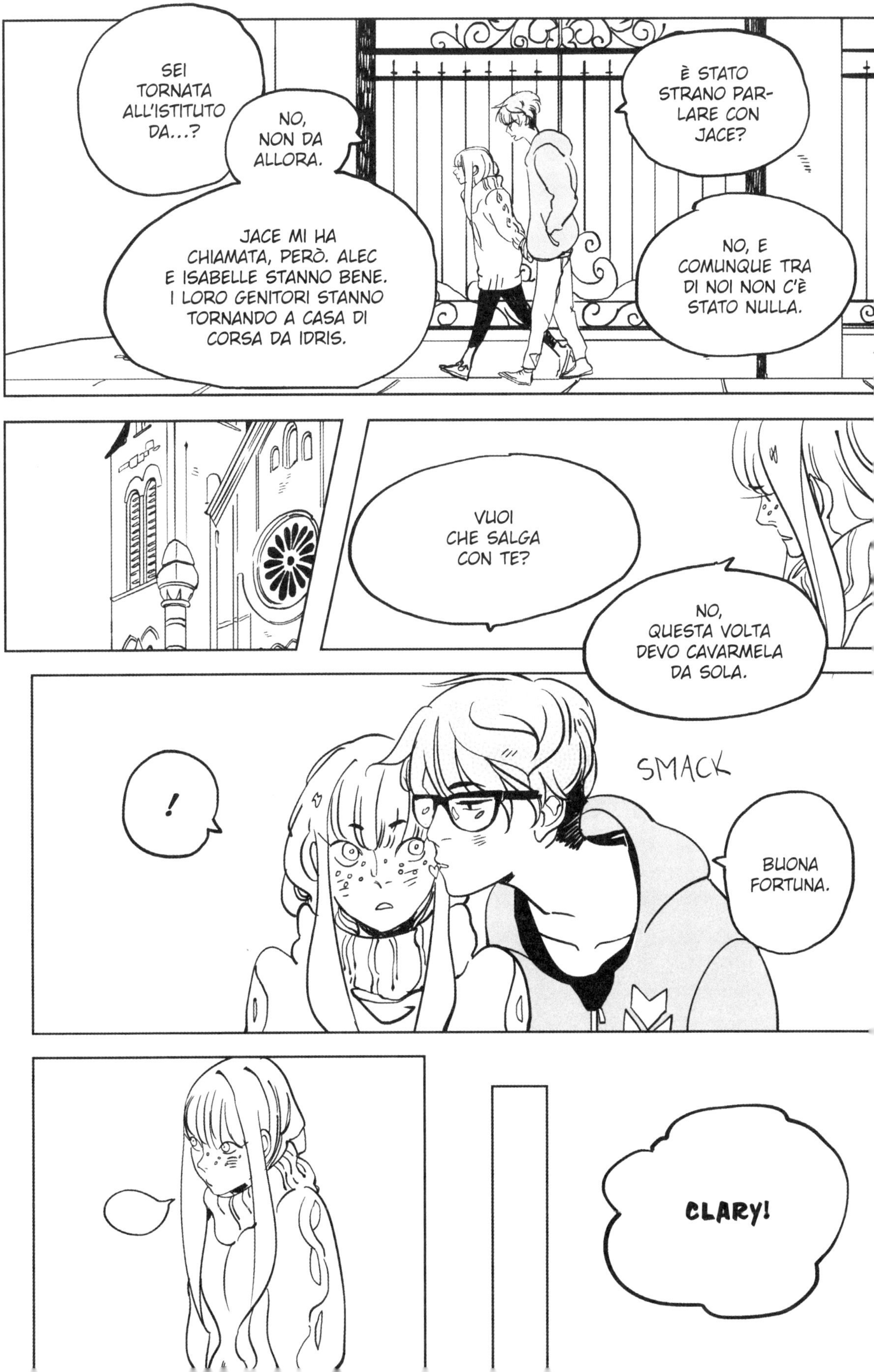
SEI TORNATA ALL'ISTITUTO DA...?
NO, NON DA ALLORA.
JACE MI HA CHIAMATA, PERÒ. ALEC E ISABELLE STANNO BENE. I LORO GENITORI STANNO TORNANDO A CASA DI CORSA DA IDRIS.
È STATO STRANO PARLARE CON JACE?
NO, E COMUNQUE TRA DI NOI NON C'È STATO NULLA.
VUOI CHE SALGA CON TE?
NO, QUESTA VOLTA DEVO CAVARMELA DA SOLA.
!
SMACK
BUONA FORTUNA.
CLARY!

ERO COSÌ PREOCCUPATA PER TE!
ANCHE PER ME È UN PIACERE VEDERTI.
MI SEI MANCATA. PERSINO JACE È MEGLIO QUANDO CI SEI.
DAVVERO?
DAVVERO.
EH, GIÀ! È STATO STUPENDO. È ANCHE STATO SEDUTO ACCANTO AL LETTO DI ALEC TUTTA LA NOTTE PER ESSER SICURO CHE STESSE BENE.
ALEC! SONO DAVVERO FELICE CHE TU STIA BENE, HO SENTITO CHE MAGNUS SI È PRESO CURA DI TE.
BLUSH
NON MI RICORDO PROPRIO...

AH AH
GRAZIE.
JACE È
DI SOPRA, NELLA
SERRA.
ECCOTI.
CIAO.
EHI.

MI CHIEDEVO SE TI VA DI VENIRE CON ME ALL'OSPEDALE.
CLARY, QUELLA DONNA...
È ANCHE TUA MADRE.
LO SO, MA PER ME È UN'ESTRANEA...
NON LO CHIEDO PER TE, MA PER ME. PENSO CHE SE SENTISSE LA TUA VOCE...
... POTREBBE SVEGLIARSI.
sigh

OK. VENGO.
EVVIVA!
GRAZIE! PAGO IO IL TAXI!
EHE
NON SERVE... HO UNA COSA DA FARTI VEDERE.
VIENI.
MH?
L'HAI TENUTA?!

SE CI SCHIANTIAMO TI UCCIDO.
PROVA A DIRLO SENZA QUELL'ARIA ENTUSIASTA.
VROOM
RUMBLE
ROOM
VROOM

– CASSANDRA JEAN

– CASSANDRA JEAN

Avrei preferito comparire in più scene...